Illustration de couverture : Olivier Bonhomme

Les éditions Paulsen sont une société du groupe Paulsen Media.

Alexis Jenni

J'AURAIS PU DEVENIR MILLIONNAIRE, J'AI CHOISI D'ÊTRE VAGABOND

Une vie de John Muir

Paulsen

Alexis Jenni, né à Lyon en 1963, a grandi dans le Bugey, entre montagnes, lacs et forêts. Agrégé de sciences naturelles, il a enseigné dans un lycée de Lyon. Il reçoit le prix Goncourt 2011 pour son premier roman publié, *L'Art français de la guerre* (Gallimard). Il a depuis publié romans et essais, c'est ici sa première biographie, consacrée à un homme de nature, bien sûr.

1

UNE AVENTURE DANS LA FORÊT DES GÉANTS

Un beau jour de 1875 (j'aurais aimé écrire 18.. comme dans un roman de Jules Verne, mais je m'abstiens, j'écris la date en entier, car ici tout est vrai), un très beau jour d'automne où le soleil accordait un revêtement de velours à toutes les couleurs de la forêt, aux roux, aux orange passés, aux verts fatigués, un homme barbu, mince et bien bâti, suivi d'un petit mulet, marchait d'un bon pas dans les montagnes de Californie. Il allait dans ces forêts claires où le séquoia règne sans partage, et les arbres géants, plantés directement dans le ciel, semblaient dire : « Tout va bien pour nous, et nous comptons vivre éternellement. » Les autres arbres, des conifères eux aussi, n'étaient pas des rivaux : ils servaient à meubler le paysage, ils étaient les écuyers des colosses de la forêt.

L'homme et le mulet marchaient entre ces colonnes de bois de cent mètres de haut, et dans cet après-midi doux et doré, dans une vapeur parfumée de sève et de résine, les arbres ne bougeaient pas, perdus en dévotion, conscients de la présence de Dieu qui les soutenait dans leur ascension. Notre homme se délectait du spectacle, suivi tant bien que mal de son mulet court sur pattes, dont on lui avait assuré qu'il passait partout, qu'il pouvait se faufiler partout, grimper partout, sauter partout, mais qui était à la peine avec ce diable d'homme qui cavalait d'un pas égal sur tous les terrains, sur toutes les pentes. Il ne s'arrêtait que pour admirer les arbres, relever un instant son chapeau, découvrant ses yeux d'un bleu candide avides de tout voir, de tout comprendre, et sa barbe frémissait comme s'il parlait en lui-même, émerveillé de ce qui le surplombait, l'enveloppait de tant de majesté naturelle. Puis il remettait son chapeau et repartait, suivi du mulet résigné qui faisait ce qu'il pouvait pour ne pas être distancé.

Après avoir gravi des pentes, franchi des cols, ils découvrirent une longue prairie qui s'étalait sous le doux soleil de septembre, traversée de ruisseaux soulignés de vert tendre, ponctuée de buissons écarlates, abricot, rouge vif. Il resta un long moment à l'orée de ce merveilleux jardin, il souriait, puis il le parcourut en saluant les arbres, en visitant chaque masse de couleur pour voir de quoi elle était faite, et même de *qui*, car il donnait son nom de plante à chacune, laissant libre cours à sa joie, ivre de la vigueur de la nature, heureux de l'absence totale d'êtres humains, sauf lui. Brownie, le mulet, comprenant que ça allait durer, s'arrêta au bord du ruisseau et entreprit de brouter l'herbage le plus vert, le plus dru, et le plus chargé de sucs, guettant son maître du coin de l'œil, qu'il ne parte pas sans lui.

Quel bel automne dans la Sierra Nevada ! Notre homme, assis dans l'herbe dense, se perdait dans la contemplation de cet alpage qui datait sans doute de la création du monde, du troisième jour probablement

– celui où *le Créateur ordonna que la Terre se couvre de verdure, et vit que cela était bon* –, il avait sur ses genoux un carnet ouvert, et il griffonnait quelques notes, esquissait un schéma maladroit du lieu où il était, plus pour en conserver le souvenir que pour en faire un jour admirer le dessin ; il sursauta, surpris par des coups sourds et répétés qui résonnaient dans les bois.

Encore dans sa rêverie, il pensa à un ours, puis à un mastodonte, enfin à un mégathérium, toute bête assez colossale et légendaire pour être en accord avec cette forêt des origines où depuis quelques jours il croyait être seul, mais c'était un homme à cheval qui venait vers lui, parfaitement incongru dans ce paysage et à cet instant. Le cavalier s'approcha dans un tintamarre de sabots et d'éperons, il serra la bride de son mustang pour l'arrêter, et le regarda avec étonnement.

« Bonjour ! lui lança joyeusement le piéton. Je suis heureux de rencontrer un confrère alpiniste dans un endroit aussi perdu.

– Mais qu'est-ce que vous faites là ? demanda le cavalier. Comment êtes-vous arrivé ?

– Je viens de Yosemite, j'ai traversé tous les canyons avec mon petit mulet ; mais je m'intéresse surtout aux arbres.

– Oh, je vois…

– Quoi ?

– Vous devez être John Muir. »

Et voilà ! Dans la montagne perdue où il n'est aucun sentier, dans la montagne sauvage où l'on s'étonne de croiser un homme, on le reconnaît sans peine, on connaît son nom, un cavalier de hasard croisé sur une pelouse d'altitude sait qui il est. John Muir est une légende.

Le cavalier s'expliqua, il était là pour faire pâturer un troupeau de chevaux qu'il s'efforçait de rassembler pour ne pas trop en perdre.

« Je n'ai presque plus de provisions, dit Muir. Peut-être pourriez-vous me faire grâce d'un peu de farine ?

– Bien sûr, tout ce que j'ai est à vous. Prenez la piste d'où je viens, elle vous conduira à mon camp dans un arbre creux. Je reviendrai avant la nuit, en attendant faites comme chez vous. »

Ils se séparèrent, Muir rebâta Brownie et, au milieu de l'après-midi, ils trouvèrent la cabane dans un tronc de séquoia abattu et creusé par le feu, une cabane de rondins, mais faite d'un seul rondin. « Comme tout ici est vaste ! » pensa-t-il. Il trouva du pain, le mangea assis sur le seuil de la porte pendant que Brownie broutait.

De tels abris sont courants dans la forêt des géants. Quand un séquoia tombe, son bois casse, forme des tronçons qui restent longtemps, car ce bois pourrit mal. Quand l'incendie vient, et il finit toujours par venir, le feu s'y introduit et le consume pendant des semaines, creusant lentement jusqu'à ce que les braises s'éteignent, et il reste pour des siècles ces grottes de bois à l'intérieur noirci où l'on peut loger. Il y passa la nuit.

Ainsi va la vie de John Muir : en promenade dans des lieux inoccupés par l'homme. Il y rencontre des ermites, des hommes décidés à sortir du temps et qui viennent s'installer là où il n'est pas de voisinage, pour ne parler qu'aux marmottes et aux oiseaux. Avec eux, il passait quelques heures, il partageait un repas, un feu de camp, il était très bavard, mais savait écouter, il racontait des histoires, écoutait les leurs, puis reprenait son chemin.

Le métier de Muir ? Vagabond. Son activité ? Vagabonder. Sa vocation ? Le vagabondage.

Il veut aller, devant, plus loin ; c'est tout. Et regarder. Tout le reste, tout ce qui fait habituellement la vie d'un homme, la richesse, le confort, la protection, est sacrifié à cette liberté.

Il est extraordinaire que cet homme en forme de courant d'air, qui ne fait que passer, que l'on devrait ignorer, soit reconnu sans hésitation sur un replat de la Sierra Nevada. C'est extraordinaire, mais il est une légende : l'homme qui surgit alors que l'on se croyait seul, c'est John Muir. Si on croise quelqu'un en un lieu inaccessible, car il n'existe pas de route, c'est John Muir. Celui qui apparaît dans la lueur de votre feu de camp solitaire, qui s'assoit près de vous et vous parle comme s'il vous connaissait, c'est encore John Muir. Il disparaîtra comme un chamois, en deux bonds, laissant un souvenir imprécis, quelques bonnes histoires, un feu partagé. Il y a quelque chose en lui d'un personnage de Tolkien, Gandalf, Legolas ou Grand-Pas, et dans cette Sierra Nevada presque inhabitée, on se raconte la légende du Marcheur qui peut à chaque instant sortir du bois.

Cette promenade de l'automne 1875 fut tout entière consacrée à l'admiration des séquoias. À leur étude, sans doute, il faut bien un but, il faut bien un scénario au roman pour que les pages tiennent ensemble, pour ne pas se perdre, pour ne pas rentrer trop tôt, mais la raison profonde de cette promenade était simplement l'admiration des séquoias.

Alors qu'il cheminait pour déterminer les limites de la forêt de Freno, il tomba sur une cabane de rondins, plusieurs rondins cette fois-ci, qui sentaient encore la résine comme si on venait de les couper. Devant la porte en planches, un vieil homme lisait assis sur un escabeau d'écorce. Il sursauta, surpris que l'on découvre son ermitage pourtant inaccessible, mais Muir lui assura n'être qu'un amoureux des arbres qui venait à la rencontre des séquoias. Rassuré, le vieil homme lui indiqua un pré en contrebas pour le petit mulet, et lui proposa de s'installer chez lui pour la nuit, car il avait beaucoup de choses à lui raconter, des choses curieuses justement, toutes en rapport avec les arbres.

« Que vous semblez bien aimer, pour ainsi errer seul depuis des jours dans ces contrées désertes.

– Mais je ne suis pas seul, j'ai Brownie avec moi.

– C'est vrai. »

L'ermite ne devait pas avoir plus de la cinquantaine et paraissait bien plus, usé, élimé, mais de son visage broussailleux de barbe, moustache et sourcils désordonnés, jaillissait un regard serein et amusé. Il était bavard, il avait trouvé une oreille et, en soupant longuement, il lui raconta sa vie dans les mines d'or de Californie. Il était là depuis 1849, l'année de la grande ruée. Un an auparavant, un charpentier qui travaillait dans unc scierie avait trouvé de l'or dans un bief de l'American River, qui faisait tourner la roue du moulin qui actionnait la scie. Pas grand-chose, quelques paillettes, mais l'or est un aimant surnaturel dont la puissance ne dépend pas de la masse, c'est lui qui attira Colomb et tous les conquérants à sa suite, il leur fit traverser l'Atlantique et renverser des empires. De l'or ! De l'or ! De l'or dans l'American River ! En 1849, cent cinquante mille personnes déferlent sur la Californie. Le port de San Francisco, jusque-là bourgade d'un millier d'habitants, se vide, se remplit d'immigrants et de gens de passage, elle devient en quelques mois une ville de tentes et de cabanes de vingt-cinq mille âmes, mais on n'avait pas le temps de bien compter. Les bateaux qui font escale voient leur équipage déserter, aimantés par l'idée de l'or, et les bateaux abandonnés encombrent la baie. Des files d'hommes se dirigent vers la Sierra, on tamise les rivières, on meurt dans le désert du Nevada pour venir jusque-là, le rêve des conquistadores se réalise enfin. L'or !

Ce fut une vie intense que les années de la Grande Ruée, avec des hauts et des bas brutaux comme la topographie de ces montagnes, notre ermite croyait à l'or et il perça plein de trous, partout, un nombre incalculable de trous comme on jette une sonde dans l'eau sombre pour mesurer la profondeur et détecter les récifs. Il avait creusé de nouveaux lits aux rivières, pour ensuite tamiser la totalité du champ de sable et de gravier que découvrait l'eau en se retirant. De l'or, il n'en avait pas trouvé, tout cela n'avait servi à rien. Alors il vivait le crépuscule de sa vie dans cette forêt déserte, à lire devant la porte de sa cabane. Cela lui suffisait, une cabane et un livre, faute de palais, de concubines et de valets. En l'écoutant, Muir pensait que la région de l'or recelait d'étranges épaves, des hommes rares et étonnants qui méritaient qu'on les écoute, mais qui allaient disparaître sans que personne ne s'en aperçoive. Celui-ci avait arpenté les montagnes à la recherche d'un trésor enfoui, et il s'était trouvé chez lui dans cette forêt où l'or était absent, se contentant pour finir de quelques livres. Seul, il écoutait, il regardait, il reconnaissait les oiseaux, les plantes et les traces des animaux, et quand il se taisait, il montrait une extrême sensibilité à l'influence silencieuse de la forêt. Il souriait aux écureuils, et caressait tendrement les jeunes pousses de séquoias qui lui arrivaient à l'épaule, il les encourageait sans doute et leur souhaitait de pousser jusqu'au ciel, qui est leur vrai pays.

Il ne se lassait pas de la majestueuse dimension de ces arbres, il l'exprimait par des superlatifs qu'il répétait avec gourmandise, un éclat de défi dans l'œil, et dès l'aube il conduisit Muir à un tronc gigantesque dont il ne restait que la souche envahie de mousses, entourée de rejets déjà de grande taille, qui auraient paru adultes dans les sages forêts de l'Est, mais ici ce n'étaient que des enfants. Cette souche géante était belle comme une ruine antique, elle inspirait les mêmes méditations sur la grandeur et la chute des civilisations, et l'incroyable profondeur du temps. À l'aide d'indices divers, et d'un sapin géant poussé sur le fossé creusé par la chute du tronc, Muir estima que l'arbre avait dû tomber voilà mille ans, et naître au moins deux millénaires auparavant, ce qui en faisait un vestige digne d'être égyptien. Si le pharaon avait eu des navires capables de franchir l'océan, puis de contourner un continent, ils auraient pu voir en débarquant sur les côtes de Californie cet arbre déjà grand, déjà plus vieux que tout souvenir humain.

« Les arbres de ces montagnes, soupira l'ermite avec enthousiasme, ce sont des baleines ! » Ils mesurèrent quelques diamètres, quelques circonférences, car Muir était méthodique, il notait les données recueillies sur un carnet, qui serviraient à un article, peut-être, mais dans l'immédiat à sa propre satisfaction de compter, de scruter, de voir de plus près. Chaque fois qu'il annonçait le chiffre, l'ermite soupirait, attristé : « Neuf mètres ? Vous êtes sûr ? Je pensais qu'il en faisait douze… » Dans sa rêverie solitaire, il les voyait plus gros, plus larges, plus hauts qu'ils n'étaient, et l'usage d'un mètre à ruban était pour lui une déception, presque un blasphème.

Muir continua son voyage.

Comme les éléphants, les séquoias n'ont pas d'ennemis, sauf la foudre, et l'homme. Dans cette forêt épargnée qui ne connaissait pas la scierie, les troncs morts portaient tous des traces de brûlures, ils étaient debout comme les ruines d'un palais incendié, entourés d'un cercle parfait de jeunes arbres qui se précipitaient vers le haut pour occuper la part de ciel libérée par la mort de leur ancêtre.

Au milieu de ces arbres plus vieux que le Christ, John Muir avançait comme dans une nef habitée par les entités les plus saintes que l'âme humaine puisse concevoir.

Le pauvre mulet suivait, en glissant et crapahutant sur le sol rocheux, tâchant de ne rien perdre de son maigre chargement, et de ne pas être trop à la traîne. La nuit, Muir préparait son lit en entassant des fougères, il s'allongeait sur le dos, et ses yeux plongeaient dans les étoiles à travers l'alignement des piliers, à travers la voûte ajourée des branches, couché au cœur de ce monument plus beau qu'aucune cathédrale construite par l'homme. Démesurés, les arbres géants enfouissaient leurs branches dans le ciel, et les étoiles brillaient comme des diamants accrochés à leurs aiguilles.

Dans cette promenade de 1875, Muir eut la chance d'assister au spectacle d'un incendie. En automne, c'est la saison. Tout est sec, le climat de la Sierra est sec en général, et à cette époque la neige des sommets déposée pendant l'hiver a totalement disparu, l'eau de fonte s'est écoulée et toute évaporée pendant l'été. Tout est sec, une étincelle et ça part. Les arbres peuvent en mourir, mais la forêt y survit. La chaleur fait éclater les cônes qui dispersent leurs graines et, dès le printemps suivant, du sol fertilisé de cendres surgissent des pousses qui se dépêchent de grandir, qui foncent vers le haut pour occuper leur part de ciel. La forêt se renouvelle, se rajeunit, se diversifie. L'incendie est le fléau des arbres, et aussi le régulateur de leur répartition, vie et mort se mêlent pour que la vie se perpétue. Mais si Muir réfléchissait aux incendies en écologue conscient des cycles de la nature, s'il les regrettait en écologiste protecteur de chacun des arbres, il se réjouissait en esthète d'en voir un de près. Il attacha Brownie à l'écart, le petit mulet émotif ne supporterait sûrement pas cette violence, et il s'installa pour le spectacle.

Il voulait tout apprendre du feu, sur ses manières de faire avec les géants. Il le vit venir de loin dévorant le chaparral avec un enthousiasme passionné, il vit un dragon de flamme qui remontait la pente en ondulant, qui tantôt se courbait pour engloutir une bouchée de buissons secs, et tantôt s'élevait très haut pour pousser un cri de triomphe, avant de retomber au sol pour se nourrir encore. Arrivé dans la forêt profonde, le feu se contrôla, il rampait sous les arbres en dévorant minutieusement le tapis d'aiguilles et d'écorces étendu à leur pied par des flammèches continues pas plus hautes que la main.

Muir s'abrita dans un tronc abattu, dans une bûche, comme une souris en promenade dans la forêt immense. Il se fit un lit de fougères, mais toute la nuit les feux d'artifice furent trop beaux et trop excitants pour qu'il puisse dormir. Il déambula entre les arbres en feu, apprenant ce qu'il pouvait, c'est-à-dire presque rien, mais admirant le spectacle sans se lasser. Sur fond de ténèbres, l'incendie rampait en lignes sinueuses, secouées de rapides jets de flammes quand s'embrasait un buisson ou une touffe d'herbe sèche, et de brusques brasiers quand un tas de branches tombées s'enflammait d'un coup. Cela formait des ruisseaux d'allumage qui couraient dans la nuit, c'était une énergie phénoménale qui dévorait la forêt, et de grands arbres flambaient en torchères grâce aux aiguilles sèches, aux brindilles, aux cônes mordillés par les écureuils. Une averse de charbons ardents retombait, et parfois, dans un craquement terrible, de gros fragments de troncs incandescents de quatre cents ou cinq cents kilos chutaient comme des météores en ébranlant le sol.

Le bois mort entassé autour des géants, tout ce bois empilé pendant des années, brisé par le vent et la neige, écorcé, séché, brûlait en donnant une lumière qui lui aurait permis de lire à trois cents mètres s'il avait eu l'idée de lire ; mais il était hypnotisé par les violentes illuminations vacillantes qui éclairaient les arbres disposés en cercle autour d'énormes bûchers.

Les bébés séquoias, jeunes arbres élancés de vingt mètres, âgés à peine d'un siècle ou deux, mouraient rapidement. Ils se transformaient soudain en une torche rugissante, passionnée, qui se tordait autour de leur tronc chauffé au rouge comme une tige de fer à la forge, et dans un fracas épouvantable, ils se brisaient en tombant, lançant au-dessus d'eux des flammes de cinquante mètres de haut. Sur le flanc obscur de la montagne, les troncs couchés rougeoyaient comme des lingots de fer au sortir du four, d'un rougeoiement magnifique, opulent, sans flammes. Des arbres de soixante à cent mètres, à l'écart, brûlaient uniquement par le haut, comme des phares plantés dans la nuit, les plus éloignés comme des étoiles au-dessus de la forêt. C'était là un mystère, leur tronc restait intact et aucune branche basse ne faisait le relais entre le sol enflammé et leur sommet apparemment à l'abri. C'est que l'écorce de ces vieux arbres est creusée de fissures, toutes emplies d'un feutrage de fibres rompues. Quand le feu qui rampait dans l'épaisseur des aiguilles arrivait au pied des troncs, les fibres s'enflammaient, le feu courait comme un écureuil de flammèches bleues le long de ses fissures, et quand il arrivait aux branches du sommet, tout le houppier explosait d'un coup dans un grondement épouvantable, un cône de feu s'élevait très haut puis s'éteignait, ne laissant qu'un mât noirci, hérissé de moignons crispés. Mais les grands séquoias supportent bien le brasier, la plupart du temps ils y survivent. La consumation de l'humus et des feuilles qui les entourent ne leur fait pas beaucoup de mal, il faut plusieurs incendies sur plusieurs siècles pour les abattre. Le feu nettoie, dégage, relance la roue de la vie pour un nouveau tour, le feu dévastateur est paradoxalement indispensable à la vigueur des forêts qui depuis des millénaires couvrent ces montagnes.

Au matin, sous les nuages de suie qui recouvaient la forêt souffrante, Muir détacha Brownie, ils changèrent de canyon, progressèrent lentement sur les pentes abruptes couvertes d'une végétation pénible, et ils finirent au soir par s'engager dans une vallée où l'herbe était abondante et qui n'avait pas connu le feu depuis longtemps. À l'évidence, il y avait là des ours. Sur de nombreux troncs, à deux mètres de hauteur, l'écorce était gravée de balafres parallèles formant une calligraphie fluide et bien reconnaissable. Redressés sur leurs pattes arrière, cambrés comme des chats, les ours grattaient leurs griffes sur l'écorce. C'était régulier comme une écriture, et Muir, curieux, espéra surprendre les animaux capables d'une si habile décoration. Flairant la présence des fauves, instinctivement terrifié, Brownie agitait les oreilles et tremblait sur ses pattes. Au lieu de se précipiter sur l'herbe pour brouter de tout son saoul, il resta collé contre Muir pendant qu'il allumait un feu de camp, et toute la nuit ils dormirent côte à côte, un long sommeil bénéfique pour l'homme fatigué par le spectacle de l'incendie ; mais le petit mulet, les yeux ouverts, sursautait à chaque craquement de branches.

Ils étaient en route depuis déjà un mois, octobre venait, et sur une crête il vit des promontoires couronnés de séquoias, ils étaient entrecoupés de canyons ombreux et se succédaient jusqu'à l'horizon, disparaissant dans la brume. Il craignait que la neige ne vienne et n'interrompe sa longue promenade en effaçant les chemins. « Là où il n'y a pas de chemin, traces-en un », dit-on quand, confortablement installé, aucun besoin de chemin ne se fait sentir. Mais pour celui qui voit la sierra et ses canyons s'étendre à l'infini, avec pour seul compagnon un petit mulet fatigué, la formule fait sourire. On la croit lourde de sens, mais pour le voyageur elle pèse surtout son poids de rochers escaladés, de falaises descendues, de courants traversés après avoir longuement cherché un gué.

Brownie n'en pouvait plus. L'herbe était rare, déjà mangée lors du passage des moutons qui derrière eux ne laissaient rien, la multitude bêlante ravageant les étendues vierges comme des vols de criquets en sabots. Un soir que Muir l'avait lâché au bord d'un marais, il en explora les bords pelés et revint la tête basse vers son maître en train d'allumer un feu, il se blottit contre lui et lança un appel déchirant, un long cri qui hésitait entre le hennissement et le braiement, qui hésitait, mulet qu'il était, entre papa et maman, il ne savait plus, il en avait assez. Assez de la montagne, assez de la forêt, assez de la promenade. Il voulait rentrer, dormir à l'abri, brouter, qu'on le nourrisse et qu'on le porte, qu'on le considère enfin et qu'on cesse de croire qu'il est inépuisable et capable de tout. Muir, ému, lui donna ce qu'il lui restait de pain.

« Oui, mon pauvre ami, je sais. Demain nous descendrons, nous irons là où il y a de l'orge et de la luzerne. » Il parlait tout haut et le mulet comprenait, il mâchonnait son pain, il se calmait. Il se releva et alla brouter quelques tiges. Muir eut des remords de l'avoir ainsi embarqué dans une aventure qui n'était pas la sienne.

Le lendemain, perdu dans le chaparral épineux, ils entendirent le sifflet à vapeur d'une scierie. Ils empruntèrent le chemin de débardage au sol défoncé, couvert de fragments d'écorce. Ils peinaient, trébuchaient dans les ornières, mais au bout serait la plaine. Ils cheminaient dans un désagréable nuage de poussière sur cette piste labourée par les attelages de bœufs qui traînaient les troncs abattus, Muir ronchonnant au spectacle de cette forêt dévastée pour obtenir quelques planches, de cette terre labourée sans donner aucune moisson, et au bout d'une quinzaine de kilomètres ils découvrirent une cabane un peu en retrait. Un homme debout les regardait venir. Quand ils furent à portée de voix, l'homme cria :

« En voyage ? »

Et quand ils se furent approchés : « D'où venez-vous ? Je ne vous ai pas vu monter.

– Du nord, à travers bois.
– Mais qu'est-ce que vous faites ?
– J'observe les arbres.
– Oh, mais vous devez être John Muir !
– …
– Arrêtez-vous. Venez vous reposer, je vous ferai à manger.
– Mon pauvre mulet est en train de mourir de faim à cause des moutons qui ne laissent rien derrière eux. Nous devons descendre dans la plaine.
– Derrière la cabane, j'ai un enclos rempli de grain et de foin. Venez. De toute façon, la limite des grands arbres est par ici, vous n'en verrez plus beaucoup. Vous avez fini votre voyage, Muir. »

Comment savait-il ? Comment, sans l'avoir jamais vu, savait-il qui il était et ce qu'il faisait ? Muir ne s'étonnait de rien, tant il était confiant en la bonté de l'Homme et en la Providence qui sauve et nourrit. Il accepta le lit et le dîner, et s'endormit sous un drap, avec le bonheur de celui de retour chez lui après un long voyage. Brownie, rassuré et repu, dormit de même dans le petit enclos rassurant.

Il y a tout Muir dans cette aventure de quelques semaines dans la Sierra Nevada. Sa curiosité, son esprit d'aventure, sa résistance physique exceptionnelle, son émerveillement permanent, esthétique, spirituel et scientifique, son contact facile, son empathie avec les animaux, son humour tranquille et invincible, son dégoût de la destruction, que l'on pourrait traduire en mots contemporains par souci écologique, même si jamais il n'employa ce terme.

Cet homme-là, un peu exalté, jamais fatigué, et d'une extrême humanité, mérite qu'on raconte son histoire. Je ne sais pas s'il en existe d'autres comme lui, je ne sais pas s'il en existe encore, je ne sais pas s'il y en eut beaucoup, mais de savoir qu'il y eut un jour un John Muir, cela suffit pour rassurer quant à l'humanité. Tenter de savoir qui il était permet de jeter un regard neuf sur la Nature, un regard aimant dont elle a bien besoin, souffrante comme elle est, cent cinquante ans après cette aventure d'automne dans la forêt des géants, sur les montagnes de Californie qui n'en finissent plus de brûler.

2

L'ENFANCE D'UN PICTE

Enfant, il s'enfuyait. Mais pas de l'école, parce que dans l'Écosse presbytérienne on respecte l'école, et ce respect était inculqué à la trique, comme tout d'ailleurs, et jamais l'idée de l'école buissonnière ne lui vint à l'esprit. Non, il s'enfuyait après l'école, et aussi les dimanches, et toutes les vacances, il s'enfuyait de la maison, de la cour, du jardin dont il avait ordre formel de ne pas sortir, de peur qu'il n'aille penser à mal et qu'il dise des gros mots. Avec une bande de gosses, il allait battre la campagne, courir à travers champs, se cacher dans les chemins creux, les haies, les meules de foin, et errer le long du rivage pour examiner les algues, les coquillages, les anguilles et les crabes, observer le vol des oiseaux de mer, et en être émerveillé.

« En être émerveillé », c'est formulé ainsi à la première page de ses souvenirs d'enfance qu'il écrivit à la fin de sa vie. À Dunbar où il est né, bourg sur la côte orientale de l'Écosse, on a élevé en son souvenir une statue de bronze devant le musée municipal, à cent mètres de *Muir's Birthplace*, la maison de sa famille devenue un musée, et cette statue illustre précisément ces quelques mots. C'est un gamin ébouriffé, appuyé sur un bâton de marche pas bien droit, dc ceux que l'on ramasse au bord du chemin en début de promenade, et qu'on laisse avec un léger regret quand on est rentré ; le gamin de bronze lève le bras, et de sa main jaillit une guirlande de trois oiseaux de mer qui s'envolent aile contre aile. Son visage épanoui est tourné vers eux, vers le ciel, il regarde ; c'est bien John Muir, on le reconnaît à ce regard. Ce livre aurait pu s'appeler « L'émerveillement ».

Dunbar, c'est tout petit, un de ces bleds écossais en bord de mer, avec son château bâti sur des rochers au-dessus des vagues, château dont il ne reste que des pans de murs en équilibre, juste assez pour peindre les jours de tempête une image romantique, l'illustration d'un roman de Walter Scott. La paroisse catholique, avec cet animisme pittoresque du catholicisme qui s'empare de tout pour le mettre en scène dans sa propre pièce, a pour nom *Our Lady of the Waves*.

Muir est né là en 1838, et je me demande à quoi ressemblait ce bourg coquet, maintenant satellite résidentiel d'Édimbourg, en ce début du XIXe siècle. La population a largement doublé, sa surface a été décuplée par ces inimitables lotissements britanniques où la photocopieuse semble le principal outil des architectes ; du bourg ancien que Muir a dû connaître, il reste une rue principale qui d'un côté s'appelle Castle Street, et de l'autre Church Street, avec à chaque bout les monuments afférents. À l'époque de Muir il ne devait y avoir que cela, une rue parallèle à la mer, des maisons serrées, des jardins tout en longueur derrière, et ensuite, les champs et les pâturages entourés de murets, et le moindre relief qui laisse voir la nature sauvage du pays, couvert d'herbe nordique agitée par le vent, parsemé de blocs de granite.

C'est, selon le Met Office, l'endroit le plus ensoleillé d'Écosse, ce qui ne doit pas faire beaucoup de soleil non plus, mais quand la lumière est là, elle est claire et exaltante, déjà un peu arctique, rayonnant d'un ciel vertigineux bien trop vaste pour les petites maisons alignées sur la rue principale, un ciel glissant où les nuages filent, balayés par les vents de la mer du Nord qui semblent raboter les façades afin d'en arracher les ornements, isoler les maisons, dissoudre l'idée même d'habitat humain. J'imagine le vacarme des tempêtes d'hiver, le rugissement du vent, le fracas des vagues, je connais celles de Bretagne, mais ici, mille kilomètres plus au nord, tout doit être plus grand, plus violent, et la nuit tombe plus tôt, alors on ne distingue plus le ciel de la mer, les vagues des nuages, tout n'est plus que maelstrom, fin du monde, cataclysme glacé et terrifiant dont on ne voit pas comment on s'en sortira. Ici, on est accroché au roc, on fait le dos rond pendant les tempêtes, et quand elles se calment, on accueille le soleil comme un surcroît de vie accordé par grâce. On en est reconnaissant.

John descendait souvent sur la grève pour regarder les oiseaux de mer, les algues brunes étendues sur le sable, les algues rouges comme des flocons sanglants, tout le petit peuple des trous d'eau entre les rochers, crevettes, crabes miniatures d'une agressivité un peu ridicule, et une multitude de bêtes sans nom qu'il considérait avec étonnement. À marée basse, quelque chose semblait respirer dans le sable, des bulles sortaient de trous bien nets, et en creusant il découvrait des coquillages rectangulaires qui aussitôt se refermaient, et il s'étonnait que cela, qui vivait sous l'eau et sous le sable, puisse respirer comme lui. Il ne savait pas qui interroger pour qu'on lui explique ce mystère. Il rentrait, plein de questions à propos de ce monde si proche et si étrange, l'odeur d'iode et d'algues était saisissante, il y avait jusqu'à l'horizon un immense étalement de nuages, que la lumière débordait. La mer du Nord, si enclavée, si peu profonde, était pour lui une porte vers la liberté, vers ailleurs, tout ce qui manquait à la maison, où l'éducation était pire que stricte.

Enfant, Muir raffolait de ce qui était sauvage : la lande, la mer, et les bandes hurlantes de gamins déchaînés. Avec les garçons de son âge, à la santé robuste et tout aussi sauvages que lui, ils couraient, volaient des pommes, dénichaient les oiseaux et se foutaient des tannées mémorables. L'enfance de John Muir, c'est *La Guerre des boutons* chez les Pictes, des chahuts enfantins racontés avec une emphase celtique. Dans la culture populaire, dans les jeux vidéo ou bien les films de bagarres en costume dont je fais une consommation déraisonnable à mon âge, les Pictes ce sont les hommes peints en bleu qui surgissent en hurlant du Mur d'Hadrien, des guerriers animés de folie furieuse, un peu comme des Vikings, mais en moins rationnels : Muir alimente le mythe et, dans ses mémoires, il décrit avec un amusement certain ses chambards de petit garçon. Ils filaient toujours en bande, et pour un regard prétendument de travers, ils pratiquaient la bagarre comme un sport collectif en se prenant pour des héros écossais, William Wallace ou

Robert Bruce, en criant *Bannockburn ! Bannockburn !*, cri de guerre médiéval trouvé dans les livres d'histoire ; et comme à la cour du roi Arthur où l'on se défiait en des duels de gifles, face à face avec les mains enduites de cire, les gamins de Dunbar se défiaient au fouet de tiges de renouée tressées, se cinglant les cuisses chacun son tour jusqu'à ce que l'un des deux cède. Crottés, les genoux couronnés, un accroc à leurs vêtements, ils rentraient chez eux, prenaient une tannée de leur père, allaient manger du porridge et du mouton bouilli dans des écuelles de bois, puis faisaient leurs devoirs, car l'Écosse est violente, mais studieuse.

À l'école, les instituteurs ne perdaient pas leur temps à expérimenter des trouvailles pédagogiques, ils collaient les mômes devant leurs livres, et ordonnaient : « Au travail ! » Il fallait apprendre par cœur, et à la moindre erreur c'était la canne ou le martinet. Les occasions ne manquaient pas, car à partir de huit ans c'étaient trois leçons de latin, trois leçons de français, trois leçons d'anglais, sans compter l'orthographe, l'histoire, l'arithmétique, la géographie, et cela chaque jour. La totalité des grammaires anglaise, française et latine lui fut gravée dans la mémoire, ou plutôt tatouée sur la peau, par ces méthodes très physiques. Se pratiquaient là les conséquences d'une extraordinaire découverte de psychologie cognitive, un principe simple et définitif, et tellement écossais : il existe une relation directe entre la peau et la mémoire, et si vous cinglez la première, cela stimulera la seconde. Les instituteurs s'y employaient.

De retour à la maison, son père lui faisait apprendre des versets de la Bible. Le père Muir, marchand de grains, travailleur acharné, presbytérien fervent, était strict, et c'est peu de le dire. Maigre, vêtu de noir, ne souriant jamais, il estimait que hors la Bible tout est divertissement, donc haïssable. S'il l'avait pu, il ne se serait exprimé que par citations des Écritures, tout mot supplémentaire lui paraissant inutile. Alors il parlait peu. Quand ses enfants rentraient de l'école, parfois un peu amochés, après la tannée il les mettait à l'étude. À onze ans, John savait les trois quarts de l'Ancien Testament, et il pouvait réciter le Nouveau dans l'ordre, du début de Matthieu à la fin de l'Apocalypse sans s'arrêter. Une performance obtenue par la vertu des raclées, que son père, adepte fervent de la pédagogie écossaise, n'hésitait jamais à administrer. En ce temps-là, note John avec une retenue toute britannique, il n'était pas question des dangers du bourrage de crâne.

Heureusement, leur grand-père ne leur demandait rien, sauf de lui raconter ce qui se passait dehors où il n'allait plus beaucoup. Voûté, usé, le bras trop faible pour brandir une canne, il les accueillait près du feu où il passait son temps à somnoler en regardant les flammes. Les deux garçons venaient le soir auprès de lui, apprenaient leurs leçons, le faisaient rire avec leurs récits outrageusement exagérés, et ils trouvaient là une complicité et une écoute que le monde des adultes ne leur offrait jamais. Quelques instants, une heure ou deux, les règles qui pesaient sur eux s'assouplissaient et ils pouvaient être autre chose que les petits enfants modèles qu'ils devaient être à l'école et à la maison, durs à la tâche et à la douleur.

Mais comme des Celtes de comédie, ces petits sauvageons avaient peur du noir et ils croyaient aux fantômes. La preuve en était que l'un ou l'autre avait vu, affirmait avoir entrevu, mais pour de vrai, les *médecins volants* errer dans la lande avec leur grand manteau noir flottant et leur chapeau à large bord, en quête d'enfants à enlever, à étouffer d'emplâtres et à vendre aux médecins d'Édimbourg pour leurs collections d'anatomies ; et tous les autres d'y croire aussitôt, et sans demander leur reste, de s'enfuir en hurlant.

Quand au soir de sa vie Muir raconte son enfance avec gourmandise, on imagine sa plume gambader, son œil bleu étinceler de malice au moment d'écrire tel ou tel souvenir, et un sourire affleurer dans sa barbe, abondante, mais qui ne savait guère dissimuler ses émotions, ses états d'esprit, cette lucidité amusée qu'il mettait en toutes choses. Il en rit encore, de cette enfance, de cette plongée brusque dans le monde qu'il a toujours aimé, aimée, les deux sont importants, il a toute sa vie aimé le monde et aimé s'y plonger brutalement, sans réticences ni restrictions.

Pour ces gamins, courir, sauter, batailler étaient leurs jeux. L'appel de l'inapprivoisé retentissait sans cesse à leurs oreilles : en plus des enseignements de l'école et de l'église, ils assimilaient ceux de la Nature pendant leurs équipées, eux, les inapprivoisés. On leur interdisait tout, mais le châtiment ne pesait rien face à l'attraction des champs, des landes et des bois. Comme tous les gamins de sa bande, Muir avait confiance en sa vigueur. On voulut lui faire peur pour qu'il se calme, et on lui présenta l'enfer comme un gouffre où l'on est précipité quand on a fait quelque chose de mal ; le petit garçon se redressa de toute sa petite taille : « Je ne le crains pas ! – Et comment ça ? – Si c'est un gouffre, je m'accrocherai aux parois, et je m'en sortirai par l'escalade. » On ne peut avoir davantage confiance en ses propres forces, qui permettent de triompher de tout, au-delà et ici-bas. Quand les domestiques lui parlaient de farfadets, de fantômes et de sorcières, il se rassurait par sa capacité à courir vite, qui lui permettrait à coup sûr de leur échapper : « Si on voit un fantôme, on court ! » disaient-ils, et pour être vraiment sûrs d'être à la hauteur d'une poursuite avec les esprits, toute la bande faisait de longues courses dans la campagne pour améliorer leur vitesse et leur souffle.

Le bain, ce moment de tendre intimité entre la mère et son enfant comme on l'imagine de nos jours, était picte lui aussi. Les enfants Muir étaient emmenés par une servante jusqu'à la mer, déshabillés et plongés dans un trou d'eau entre les rochers. Il y avait là des crustacés et des anguilles, des algues ondulantes et visqueuses, une eau dont je n'ose imaginer la température. Le gamin hurlait, suffoquait, on le retirait, on le replongeait, à la fin il était bleu, et propre. C'était comme ça, l'heure du bain en ces contrées brutales, encore un effet de cette propension bien écossaise à transformer tout devoir en corvée. Quand l'heure de ce bain terrifiant approchait, le petit John allait se cacher, il fallait le chercher dans toute la maison et l'emporter, hurlant, rouge de colère et de terreur, vers le bout de la rue où étaient les rochers battus par les vagues.

Enivrés d'air nordique, stimulés de légendes guerrières, nos jeunes Pictes ne croyaient qu'en la dépense physique, en la dignité de l'endurance à la fatigue et à la douleur, ils se rêvaient combattants en kilt et claymore, et chaque jour livraient bataille, à coups de boules de neige, de mottes de terre, ou à poings nus. À l'heure de rentrer, une rapide négociation mettait fin à la mêlée : « Hé !… On arrête ? – Si vous arrêtez, on arrête… – On arrête. » Et tous de se débarbouiller au puits derrière l'église et de rentrer, mais ceux qui avaient un œil au beurre noir, et bien tant pis, ils prenaient une tannée à la maison. Après, une prière et au lit.

Lui, ses frères et ses sœurs.

Ses sœurs ? Car il avait des sœurs. Mais dans ses mémoires, alors qu'il raconte par le menu ses aventures avec ses frères, surtout David le petit frère d'élection toujours prêt à tout, il ne mentionne jamais ce que faisaient les filles pendant ce temps-là. Avec John Muir, qu'il soit enfant ou adulte, on est dans un monde d'aventures et de garçons, comme dans une bande dessinée franco-belge, *Edgar P. Jacobs* ou *La Patrouille des Castors*. Les filles étaient sans doute d'une autre espèce, et elles se trouvaient ailleurs, dans leur milieu naturel, probablement dans cette maison que les garçons s'ingéniaient à fuir. Mais parfois de ce monde clos émergeait un signe, splendide et mystérieux.

L'Épiphanie féminine avait lieu au jardin, le jardin clos tout contre la maison, à la fois dedans et dehors, intermédiaire entre le monde venté des hommes et le monde ordonné des femmes. Dans le jardin paisible, elles pouvaient se promener, prendre l'air, admirer les fleurs. Dans la rue, rarement ; au-delà, jamais.

À John et David, le père avait accordé un petit carré de jardin, et cela passionnait les deux chenapans de planter des graines, des pois, des haricots, et de les voir germer, pousser, soulever le sol pour trouver leur chemin vers la lumière. Ils soignaient leurs cultures avec un enthousiasme débordant, arrachant chaque jour les plantules pour vérifier qu'elles se développent bien, les replantant grossièrement ensuite et s'étonnant qu'elles flétrissent, n'obtenant aucune récolte au bout du compte, toutefois heureux et fiers de participer à la fécondité de la nature. Mais le carré de leur tante, ils n'y touchaient jamais.

Elle y apparaissait parfois, elle vivait avec eux, la maison était grande. Toujours, l'apparition de cette femme les fascinait. Elle allait plus lentement que toutes les autres, comme si elle marchait sans but, pour son seul plaisir, elle avançait rêveusement en admirant les fleurs, les arbres, les nuages, toutes choses étranges. Elle était gracieuse et pâle, et dans ses tenues grises ou noires, celles de toutes les femmes de Dunbar, apparaissait une tache de couleur, broderie, ruban, éclat d'or d'un modeste bijou. Elle allait jusqu'à son carré où elle avait planté des lys blancs qui semblaient aux garçons la chose la plus belle, la plus majestueuse, la plus magnifique que la Terre puisse porter. Elle les caressait furtivement, les humait d'un soupir, et puis lentement retournait dans la maison des femmes. Les deux garçons la suivaient des yeux, le cœur battant. Ils regardaient le carré de lys avec respect, de loin, pour une fois sans s'agiter, et se demandaient s'ils seraient un jour assez riches pour posséder de telles merveilles. Ils suivaient avec adoration les gestes lents de leur tante qui en coupait parfois une tige pour la mettre dans un vase à la maison, et ils devaient se dire confusément que ce monde des femmes était étrange, habité d'une forme de beauté qui leur était à peine compréhensible.

Le père Muir, presbytérien de stricte observance, les envoyait se coucher tôt, tous les soirs à la même heure. Le lien entre religion et heure du coucher semble ténu, mais c'est une question de cadre : on ne se laisse pas distraire par le monde, on suit des règles intérieures immuables, l'essentiel est qu'elles soient immuables, et le salut éternel peut tenir à l'observance du réveil.

David et John, couchés dans leur lit, n'avaient pas sommeil.

« John ?

– Mmmmh ?

– On part ?

– On y va ! Les bagages sont prêts, les vivres, la carte ? »

Dans la pénombre de leur chambre, dans la lueur du ciel nordique à laquelle aucun rideau ni volet ne faisaient obstacle, ils se redressaient, mimaient la préparation d'un sac, sa mise sur le dos, puis ils sautillaient sur leur lit en tenant sur leurs épaules des brides imaginaires. En avant ! Ils s'arrêtaient parfois pour consulter la carte dans la paume de leur main. Par là ! En avant ! Ailleurs ! Ils mimaient des pas et des escalades, fouinaient sous les couvertures, traversaient la France, l'Inde, l'Amérique, la Nouvelle-Zélande, rencontraient des sauvages et des baleines, ils se racontaient leur voyage au fur et à mesure, surmontaient mille épreuves. « John ? – Mmmmh ? – Je suis fatigué, on campe ? – Il faut ramasser du bois alors. » Ils se réchauffaient aux flammes rêvées, puis s'endormaient d'un coup dans la position où ils étaient, foudroyés en pleine randonnée, en travers de leur lit, songeant aux forêts géantes et aux glaciers, leurs bouches entrouvertes sur des souffles d'enfant.

J'ai fait ça aussi. Couché tôt, dehors il faisait nuit, je n'avais pas sommeil. Alors je remplissais minutieusement un sac à dos imaginaire, je listais le nécessaire, de quoi manger plusieurs jours, choisissant avec soin chaque repas, et je partais ; j'agitais les jambes pour mimer des pas, pour fatiguer mes jambes et sentir dans les muscles la distance parcourue. Quand j'estimais la fatigue suffisante je bivouaquais. Je n'avais pas de frère à qui raconter le voyage en train de se faire, je le racontais à moi-même, et à un moment je m'endormais, la tête ailleurs. C'est drôle de voir sous la plume d'un homme disparu depuis longtemps la description des mêmes gestes, des mêmes jeux, séparés de plus d'un siècle et de plus de mille kilomètres. Ensuite, il est devenu voyageur ; moi pas.

Peut-on discerner, dans l'enfance d'un grand homme dont on raconte la vie, le germe de ce qui fera sa grandeur ? Freud demandait-il à son ours en peluche de lui parler de sa mère ? Les frères Montgolfier faisaient-ils des bulles de savon ? Voyager dans son lit chaque soir d'hiver prédispose-t-il à traverser l'Amérique à pied, comme on le verra ? Visiblement non, j'en suis la preuve.

La biographie n'est qu'un jeu rétrospectif, le destin qui semble à l'œuvre dans la fabrique des grands hommes ne se lit qu'à l'envers.

D'un autre côté, voilà deux hommes que rien ne semble rassembler, qui marchaient tous les deux secrètement dans leur lit avant de s'endormir, et l'un seulement parcourt vraiment le monde à pied quand il atteint l'âge adulte ; mais l'autre, quand même, raconte l'histoire du premier, lit inlassablement ses récits de voyage, s'enthousiasme et entreprend d'écrire un livre sur ce grand homme qui réalise ce que tous les deux avaient imaginé faire. Les signes dissimulés dans l'enfance ne se développent pas toujours en destin, mais ils sont les germes d'autres vies qui n'ont pas toutes été vécues, des graines dormantes dont l'immobilité ne signifie pas qu'elles soient mortes. Je n'ai pas la vie de Muir – qui pourrait l'avoir ? – mais j'ai une sensibilité intime à la vie de Muir, dont je me rends compte par cette infime anecdote. Ce qu'il vit, fait, dit, me touche au plus profond alors que nous n'avons rien de commun dans notre vie concrète. Cette anecdote du voyage en chambre est pour lui l'annonce de son destin de voyageur, et pour moi l'origine de mon goût pour cet homme-là, que j'ai connu en lisant ses livres. Mais ce n'est pas que l'un soit dans le réel et l'autre pas, puisque pour moi les livres sont réels, j'y passe ma vie à les lire et à les écrire, et quand je déménage j'en sens bien le poids, très réel. Muir, qui avait commencé d'écrire tard, regrettait qu'il n'ait pu disposer de deux vies, l'une qu'il aurait passée à marcher, et l'autre à écrire, plus encore qu'il ne l'a fait. Je réalise son autre vie, celle qu'il lui aurait fallu en plus, notre souvenir d'enfance est une prophétie commune, qui s'est accomplie de deux façons différentes.

Quand il eut soixante-quinze ans, un an avant sa mort, il entreprit de raconter ses voyages en Alaska. Il en décrit les habitants, les paysages, les arbres et les animaux, les sommets sur lesquels il s'aventure, et plusieurs fois il mentionne les principes d'éducation des Indiens. Il remarque que dans les villages indiens on entend rarement des pleurs. Il y est attentif, car c'est pour lui comme la révélation qu'un autre monde est possible. La réprimande (ce terme délicat désignant la violence physique qui régnait sur sa propre enfance), ce fléau si courant de la civilisation, est totalement inconnue chez ces peuples que l'on dit sauvages : on y est indulgent avec les enfants, sans pour autant les gâter.

C'était trente-cinq ans avant qu'il ne l'écrive, mais sa mémoire est à toute épreuve, et il se souvient parfaitement de son voyage en canoë vers Glacier Bay, avec huit rameurs indiens et Samuel Hall Young, un pasteur aventureux disposé à évangéliser les païens d'Alaska. Sur l'île de l'Amirauté, ils furent accueillis par toute la population d'un village Hootsenoo rassemblée sur la grève. On les regardait avec le plus grand intérêt, comme s'ils étaient vraiment étranges, et très drôles. Le chef, pieds nus et tête nue, d'une allure superbe dans sa longue robe décorée de broderies, sans se démonter leur tendit la main pour les saluer « à la bostonienne », et les invita chez lui. Tout le village s'y engouffra, et les petits enfants les regardaient avec curiosité, dévisageant sans vergogne ces deux hommes étrangement barbus, étrangement habillés, jusqu'à remplir la maison bondée d'un brouhaha de gloussements et de rires contenus. Deux vieilles femmes finirent par les faire sortir, avec des grimaces, des ordres secs et des gestes de menace, mais sans hurler, et en prenant garde de ne faire de mal à aucun. Tous filèrent en riant, s'égayant comme des moineaux en se moquant de l'air sévère des adultes. Muir crut d'abord à un défaut d'autorité, à « une autorité parentale peu structurée », écrit-il exactement. Et puis, au fil de ses voyages, il se rendit compte qu'il n'avait jamais vu un jeune enfant ou un adolescent être frappé ni même grondé. Au contraire, on se préoccupait d'eux avec bienveillance, on leur parlait avec fermeté mais douceur, avec respect, comme à un adulte capable de tout comprendre. Et cette bienveillance générale illuminait les demeures où il était accueilli.

Dans la maison commune, Young prêcha avec passion, longuement, et une vieille femme finit par s'endormir, elle ronflait. Tout le monde continuait d'écouter avec beaucoup de politesse, tout en étant secoué de fous rires silencieux qu'ils mettaient beaucoup d'application à ne pas montrer, pour que personne ne perde la face, ni la vieille dame, ni le chef, ni Young qui parlait si bien, même si la plupart ne comprenaient pas l'anglais. C'était pour Muir un sujet d'admiration que ce peuple à qui l'on prêtait des mœurs brutales fasse au contraire tout pour que chacun se sente comme en famille, écouté et accueilli. Il perdit lui aussi le fil de l'interminable sermon, il caressait les chats qui se glissaient entre les gens, venaient se coucher autour du feu, et la confiance de ces animaux d'ordinaire si prudents, si rétifs à se laisser approcher par des inconnus, montrait qu'ils étaient toujours bien traités. Il se rappela les chats de Dunbar, auxquels les petits Pictes déchaînés jetaient des pierres pour jouer, pour s'exercer, pour qu'ils couinent, ou bien qu'ils attrapaient après les avoir longuement coursés pour les balancer par les fenêtres à l'étage, pour voir s'ils se retournaient à temps pour retomber sur leurs pattes, ce qui n'arrivait pas toujours, certains ne s'en remettaient pas ; et tous, dès qu'ils voyaient un homme, filaient.

À la toute fin de sa vie, écrivant ce qu'il avait vu dans ses voyages, John Muir affirmait, comme un legs de sagesse qu'il faisait à ses lecteurs, comme une leçon de vie après avoir beaucoup réfléchi à la sienne, que d'autres enfances sont possibles, moins brutales, avec des adultes plus bienveillants, avec d'autres façons que la raclée pour inculquer l'obéissance, avec tout simplement le respect pour promouvoir le respect. Et de la part de celui qui a beaucoup fui la société des hommes, qui n'a jamais supporté les contraintes ni les dogmes durant toute sa vie d'adulte, cela peut s'entendre comme un regret, ce qui est étrange de la part d'un homme qui a toujours tout supporté sans jamais laisser échapper aucun soupir. Il raconte dans ses mémoires que son enfance a été très amusante ; mais discrètement, il suggère qu'il l'aurait préféré plus douce.

3

LE PAYS DE LA MERVEILLEUSE ABONDANCE

Dans cette Écosse agitée de violents courants d'air, où la solidité des murs de granite protégeait des vents et celle des crânes de toute fantaisie, de tout plaisir, de tout écart à une règle de vie austère que chacun voyait contenue dans la Bible, on lisait beaucoup. Génie du protestantisme sûrement, on lisait les Écritures, on révérait l'étude et le savoir, et dans ces années 1840 où les campagnes françaises attendraient encore un bon demi-siècle Jules Ferry et ses mairies-écoles partout distribuées, on allait ici chaque jour en classe, on possédait des livres, on les lisait.

L'Amérique, c'est par les livres que Muir l'a connue, un manuel de lecture avec quelques pages d'histoire naturelle. Il y avait lu la lutte du balbuzard pêcheur et de l'aigle à tête blanche, cet oiseau emblème des États-Unis qui fut menacé par le plomb, le mercure, le DDT, les lignes à haute tension, et qu'on faillit ne plus voir que sur les armoiries de la CIA. Mais cela, Muir enfant ne pouvait l'imaginer, la nature était encore énorme et invincible, même si un demi-siècle plus tard il eut le pressentiment de sa destruction possible.

À dix ans, il dévorait le cœur battant le récit de la pêche du balbuzard aux longues ailes qui plane au-dessus des vagues, qui vise et qui plonge, et arrache un poisson aux flots agités ; mais hélas, l'aigle larron le surveille avec sa sale tête inquisitrice, une vraie figure de la CIA, et quand le balbuzard s'élève lourdement avec sa proie entre les serres, il s'envole, l'attaque, la lui fait lâcher, et vif comme l'éclair l'attrape avant qu'elle ne retombe dans les eaux. Le balbuzard, piteux, s'enfuit.

À chaque fois qu'il lisait ce passage, il espérait que le balbuzard s'échapperait avec sa proie honnêtement gagnée, car le presbytérien respecte le travail honnête ; mais d'un autre côté, s'il fallait que le culot monstre du voleur débouche sur une piteuse retraite, les serres vides, cela aurait un peu déçu le Picte qui s'agitait en lui. C'est ainsi que se lisent les *histoires naturelles* : avec empathie, projection, sens du drame et anthropomorphisme décomplexé, on y croit durant toute la lecture et on prête à chacun des animaux des sentiments humains simplifiés, qui font lire et relire l'histoire, et chaque fois y croire à nouveau.

Passer par des histoires pour dire la Nature, c'est un état ancien des sciences, qui n'élucide sans doute pas grand-chose des lois naturelles, mais la rend très proche et donne l'impression d'y vivre ; elles permettent d'entretenir des rapports amicaux avec tout ce qui n'est pas humain, et qui pourtant nous accueille, et avec qui nous partageons le monde.

Il lut aussi les pages qu'Audubon, peintre d'oiseaux et grand écrivain de la nature, a consacrées aux pigeons migrateurs. J'avais son âge quand je découvris l'existence de cet oiseau, je l'ai vu au musée, dans une vitrine, tout seul dans un cube de verre, empaillé et posé sur un perchoir de bois, la tête penchée et tournée vers le haut, son corps bien arrangé pour donner une impression de mouvement alors qu'il était mort, qu'ils étaient tous morts, qu'il n'en restait pas un seul sur toute la Terre, et dans la pénombre du musée d'Histoire naturelle je voyais pour la première fois devant moi la dépouille d'un animal qui avait complètement disparu. Qu'il soit isolé dans la vitrine, dans une muséographie que l'on aimait à l'époque plutôt chargée, ajoutait à l'aspect mélancolique de sa disparition. C'était comme montrer une sardine empaillée, une seule, ou bien présenter la dernière fourmi du monde, solitaire sur une tête d'épingle. Car le pigeon migrateur n'était jamais seul. Je l'appris en lisant le panneau explicatif, et Muir en lisant les pages d'Audubon dans son manuel de lecture de l'école de Dunbar. C'était aussi exotique pour l'un que pour l'autre. Le pigeon migrateur existait en nombre inconcevable, un de ces nombres fabuleux comme les décimales de pi ou la distance entre les galaxies, leur nombre se comptait en milliards, beaucoup de milliards, on ne sait pas exactement, mais ils étaient sans doute plus nombreux que tous les autres oiseaux d'Amérique pris ensemble. Quand ils migraient du Canada jusqu'au golfe du Mexique, c'était des vols d'un ou deux milliards d'individus qui obscurcissaient le soleil et mettaient plusieurs jours à passer. Quand ils s'arrêtaient pour dormir, les branches des arbres cassaient sous leur poids, et des milliers d'hommes armés de perches les tuaient jour et nuit pour les manger, nourrir les porcs, les expédier à New York où ils étaient vendus un cent pièce.

Muir, dans les années 1840, lisait ces descriptions d'une abondance qui régnait en tout dans un pays situé au-delà de l'océan, et il apprit l'existence des arbres à sucre qui lui parurent une grande merveille, comme une fontaine de lait et de miel, mais qui pousseraient par forêts entières ; et quand vint cette année 1849, on ne parla plus à Dunbar que de la découverte de l'or dans ce pays fabuleux. Il rêvait.

Un soir que David et John apprenaient leurs leçons auprès du feu en compagnie de leur grand-père, leur père entra brusquement dans la pièce.

« Ce soir, les enfants, pas la peine de faire vos devoirs. »

Ils levèrent la tête, imaginant avec espoir l'incendie de l'école ou la mort subite du maître.

« Demain matin, on part en Amérique. »

Du même geste, ils refermèrent leur livre.

Finie l'assommante grammaire ! À eux les bois sans fin, la terre truffée d'or, les arbres gorgés de sucre, le ciel rempli d'oiseaux, des nids partout sans aucun garde-chasse pour empêcher de voler les œufs !

Leur père sortit, ils restèrent avec leur grand-père qui regardait le feu d'un air absent. C'était une surprise pour lui aussi, mais une triste surprise, car c'était l'annonce de la disparition de sa famille, pour un lieu si lointain qu'ils ne reviendraient pas, et lui, âgé et solitaire, resterait à Dunbar sans ces galopins dont l'agitation lui réchauffait le cœur, sans jamais plus revoir personne.

« Grand-père, nous t'enverrons des caisses de sucre d'arbre, emballé dans de l'or, là-bas on l'a pour rien. »

Il ébaucha un sourire, mais ses lèvres tremblaient.

« Mes pauvres petits, de l'autre côté de la mer, vous allez surtout trouver un travail énorme. »

Et à chacun, il donna une pièce d'or.

Surexcités, ils sortirent dans la rue, et à tous les gamins qu'ils rencontraient ils criaient :

« Demain, on part en Amérique !

– N'importe quoi…

– Tu verras bien si demain on est à l'école… »

Le lendemain, ils prirent le train pour Glasgow.

Le voyage dura six semaines sur un bateau à voiles, un long cauchemar pour leur père, tassé à fond de cale avec tous les passagers malades, et un grand bonheur pour les deux gamins qui couraient sur ce rafiot secoué par les vagues, cavalant sur le pont en hurlant comme sur les chemins de Dunbar. « David ? – John ! – Nous partons à l'aventure ! – Ouiiiii ! » et ils filaient à toutes jambes explorer les ponts, les cales, les mâts, la poupe et la proue, se penchant avec imprudence, grimpant partout où il y avait rambardes, cordes et échelles. Les marins, amusés par ces deux lutins, leur apprenaient des chansons à ne pas répéter devant leurs parents, et le nom de chacune des voiles et de tous les cordages. Ils partaient à l'aventure ! Le capitaine, charmé de ces garçons si vifs et si curieux, les invita dans sa cabine pour bavarder. Il avait reconnu la rocaille écossaise dans leur prononciation d'un anglais pourtant parfait et, surpris que de petits Écossais lisent si bien une langue qui n'était pas tout à fait la leur, il leur prêta des livres. Parce que leur vraie langue, celle de la famille et des amis, était le gaélique écossais, l'anglais n'était que celle de l'école et ils ne la parlaient pas en dehors. Mais avec sa rude méthode d'éradication de l'erreur par la trique, l'école était excellente et ils faisaient maintenant l'admiration d'un officier de Sa Majesté qui n'avait jamais imaginé que des Pictes puissent parler correctement si loin de Londres ; et encore moins lire des ouvrages imprimés en bon anglais, les lui rendre ensuite en parfait état et en parler doctement. Ils ne s'ennuyèrent pas du tout pendant ce long voyage.

Et sa mère, ses sœurs ? Aucune mention. Sûrement enveloppées de jupons et de châles, les cheveux tirés, la capeline bien nouée sous le menton, réfugiées dans une cabine, priant sans doute, bavardant peut-être, attendant que se termine cet affreux voyage confiné où elles manquaient d'activité, de place et de vue sur la mer.

Des dauphins, des baleines, des oiseaux apparurent ; puis la terre à l'horizon. L'Amérique !

Leur père n'était pas très sûr où aller. Il avait pensé « aux arrières bois du Haut-Canada », ce qui a l'air assez flou. En bavardant avec les passagers pendant ce long voyage nauséeux, on lui conseilla le Wisconsin ou le Michigan, plus faciles à défricher que les forêts sauvages du Grand Nord. Au cours du long trajet qui les éloignait de New York, un marchand de blé leur dit que l'essentiel du blé qu'il commerçait venait du Wisconsin, alors va pour le Wisconsin. À Milwaukee, un fermier des environs de Fort Winnebago accepta de les transporter avec tout leur barda, pour trente dollars. Alors en route jusqu'à la petite ville de Kingston, où un agent foncier les envoya vers un fermier vivant au bord de la zone défrichée, il connaissait les concessions et les aiderait. En route encore sur un chariot à bœufs tirant leur énorme bagage qui comprenait des outils, un poêle en fonte, des vivres pour longtemps, et même une balance à fléau avec tous ses poids. Cela ne dure qu'un paragraphe, mais on parle d'un voyage de mille cinq cents kilomètres, d'avant l'invention des routes asphaltées, un voyage à travers les Appalaches et puis les plaines autour des Grands Lacs, un voyage grinçant et bringuebalant où quand on est assis sur le chariot on ne sent pas le vent de la vitesse. Mais l'espoir les pousse, la curiosité les tire, l'exaltation ne tombe pas, du long voyage ils gardent un souvenir d'une rapide traversée sans encombre.

Laissant ses enfants chez l'accueillant fermier, le père alla choisir un lieu où s'établir, trouva un endroit à son goût et, avec l'aide de quelques voisins, il construisit une cabane en une journée, chêne massif pour les murs, chêne blanc pour le plancher et le toit, rondins et planches tirés des arbres prélevés aux alentours et débités sur place.

Et voilà, ce n'est pas plus difficile que ça de s'installer en Amérique.

C'est si grand, si vide qu'on se pose où on veut et on est chez soi, on plante son bâton dans la terre et elle est si fertile qu'il prend racine et, rapidement, donne des feuilles, puis des fruits.

Les gamins en char à bœufs, perchés sur les caisses cerclées de fer, découvrirent la cabane entourée d'arbres, dominant une prairie en pente douce constellée de fleurs qui descendait jusqu'à un étang bordé de nénuphars. Ils sautèrent du chariot, coururent jusqu'à un arbre où ils avaient aperçu un nid de geai bleu, grimpèrent aussitôt et le contemplèrent avec ravissement malgré ses cris de protestation. Ils ne touchèrent pas aux œufs, il devait y en avoir tant, partout, qu'ils avaient tout leur temps.

Promesse tenue, ils étaient arrivés au pays d'abondance.

Des gens venus d'Europe s'installaient là, ils abattaient les arbres des forêts, ils les débitaient en piquets et délimitaient un champ de quelques hectares, un jardin, un pré où paissaient bientôt des vaches, des bœufs, des chevaux. La Grande Sauvagerie reculait, grignotée.

Il n'y a pas moyen de traduire correctement *wilderness* en français, je le tente quand même. *Sauvage* n'a pas toujours eu ce sens péjoratif, *vie sauvage* ou *terre sauvage* se portent encore bien de nos jours, et si au XVIe siècle on a appelé *sauvages* les hommes que l'on trouvait en Amérique, ce n'était pas pour les mépriser ou les réduire, mais pour signifier qu'ils vivaient en ces terres immenses qui semblaient inexploitées, en cette grande sauvagerie incompréhensible aux Européens d'alors, qui sont gens de jardins. Sauvage, c'est *sylvatica*, le forestier, le sauvage c'est le sylvestre : celui de la grande forêt qui cerne le jardin. Le mot est médiéval et resta longtemps en usage dans le français d'Amérique. La Sauvagerie, c'est la sylve, la *gaste forêt* de Perceval, la grande forêt où le chevalier errant cherche l'aventure, c'est l'inconnu où tout peut arriver, la perte comme le salut, c'est ce qu'il y a en dehors des allées du jardin, ce qui commence dès qu'on a franchi le mur qui l'entoure et le ferme, c'est là où on va quand on sort de chez soi.

Voilà où vivaient les Muir : dans quelques champs fermés d'une fragile clôture de bois, et au-delà était la Grande Sauvagerie peuplée d'animaux en nombre inconcevable, et d'hommes que l'on ne voyait jamais. Les Sioux Winnebagos étaient là sans être vus, tels des fantômes. Dans les bois qui n'étaient pas défrichés courait la piste indienne sur laquelle on ne voyait personne, parfois des traces, comme si des hommes dont on ne connaissait pas le nombre passaient la nuit à l'insu de tous. On se croirait dans un roman de Stephen King, avec les fantômes anciens qui flottent au-dessus de la pelouse, les lieux des cultes archaïques cachés entre les pierres, entre les racines des grands arbres, qui rayonnent encore d'une puissance mauvaise, toujours là, jamais vue, parfois agissante. On disait que sur les lacs et les rivières, les Indiens chassaient les canards à l'automne et récoltaient le riz sauvage en le secouant par-dessus le bordage de leur canoë. John Muir, de toutes les années qu'il passa dans le Wisconsin, n'en vit qu'un seul. Un matin d'hiver, son chien était parti d'un coup, nez au vent, sans plus lui obéir. Il le suivit avec peine, le chien courait sur la neige, il le perdait de vue, et au loin il vit la silhouette minuscule d'un chasseur indien qui semblait muni d'une longue lance, passer en courant d'un trot régulier, et disparaître. Le chien, nez dressé, semblait suivre dans l'air sa trace particulière. On lui raconta ensuite que les Indiens, en hiver, chassaient les rats musqués endormis, repérant les terriers et les empalant de leur lance, mangeant la chair, vendant la peau, tirant parti de toutes choses, récoltant aussi ce sucre d'arbre qui les avait tant fait rêver en Écosse. On leur vola un cheval, qui fut retrouvé avec des signes peints sur son pelage, puis un porcelet, qu'ils ne retrouvèrent pas ; chaque fois que quelque chose disparaissait, on disait que c'étaient les Indiens, comme on aurait dit les lutins. Et puis plus rien, plus de traces, ils avaient tous disparu avant qu'on n'ait pu savoir où ils vivaient.

Dans la ferme des Muir, c'est très beau, presque irréel. Un soir d'orage, la prairie qui descend jusqu'au lac s'allume de millions de petites lueurs, comme un ciel nocturne retourné. Du haut de la cabane, le petit John se demande si tout cela n'a pas lieu à l'intérieur de ses yeux, parce que pendant ses bagarres à Dunbar, quand il prenait un coup sur l'œil, il voyait un peu la même chose. Mais son frère voyant pareil, des étincelles qui clignotent partout, cela devait être vrai. Ils interrogent le Yankee engagé par leur père pour l'aider à défricher. « Oh… des vers luisants… » Il trouve ça tout naturel et sans intérêt. Ils descendent dans la prairie, en ramassent quelques-uns et les rapportent dans une tasse jusqu'à la cabane, où dans le plus grand silence ils les regardent lancer de lents éclairs réguliers.

Le lac, ce merveilleux lac au bout du pré, leur père l'avait appelé lac Fontaine, mais les voisins l'appelaient lac Muir, c'est le leur. Huit cents mètres sur quatre cents, entouré de joncs et de fleurs, des orchidées, des lys et des nénuphars blancs, des fleurs majestueuses et odorantes, à pleines brassées, tant qu'on voulait. L'eau y est si transparente qu'en s'y penchant on ne la voit pas, on croit voler au-dessus du fond planté de roseaux. L'été, dans l'affreuse canicule des plaines, ils y entrent comme on revit, ils changent de monde et dérivent au-dessus des poissons et des plantes, suspendus au plafond d'une chambre dont ils observent la mystérieuse activité ; ils se retournent, ils flottent sur le dos et admirent le spectacle du ciel, la croissance des cumulus couleur de perle et d'albâtre qui s'abattent le soir en de brefs et violents orages. Autour d'eux, les araignées d'eau patinent sur la surface en la déformant à peine, et les notonectes nagent sur le dos, se propulsant fermement de leur paire d'avirons.

Il y eut quelques planches en trop après l'achèvement de la cabane.

« Vous les voulez ? grommela leur père dans un surprenant élan de sollicitude.

– Oh oui…

– Prenez-les… »

Et il s'en alla à d'autres tâches, sans vouloir regarder la joie de ses fils ni entendre leurs remerciements enthousiastes. Avec ces planches de pin qu'ils avaient eux-mêmes rabotées, ils construisirent une barque, naviguèrent pour le plaisir, pêchèrent un peu, dans les quelques heures de liberté que leur laissait le travail de la ferme.

Partout il y avait des oiseaux, il y en avait tant qu'ils en perdirent l'obsession du dénichage qui les avait animés en Écosse. John les entendait en permanence, tous tenaient leur partie dans le concert du jour, aucun ne souhaitant se taire. Il reconnaissait le tambourinage de la perdrix, le chant d'amour de la bécassine sourde, le rouge-gorge commun et le moqueur roux, les goglus exubérants, le carrousel à épaulettes et la sturnelle des prés. Les oiseaux ont toujours eu des noms importables, ils sont comme les instruments rares d'un orchestre de musique ancienne au complet, qui jouent sans jamais s'arrêter en inventant de nouveaux sons. Il y avait autour de la ferme des Muir un grand vacarme ornithologique tout le jour, relayé la nuit par celui des crapauds et des rainettes.

Les garçons, ravis, observaient les oiseaux avec passion. Ils admiraient sans réserve, on comprend leurs raisons de petits Pictes, le courage stupéfiant du tyran, un passereau pas bien gros qui défend son nid contre le geai, l'épervier, la buse, ces pillards plus gros que lui qu'il attaque bille en tête, tout à sa fureur. La buse, quand elle voit surgir le tyran hargneux, file comme elle peut en fouettant l'air de ses grandes ailes lentes, et l'autre la harcèle en jacassant, la pique de son bec, puis finalement se pose carrément sur le large dos du rapace en fuite et lui picore l'arrière de la tête. Et le tyran revient vers le nid gardé par sa compagne, « en gloussant d'un ton bravache comme pour lui claironner quel type formidable il est », note Muir dans ses souvenirs.

Car tout ceci, la ferme, le lac, la lisière comme frontière vers ailleurs, ce sont des souvenirs. Il les écrit alors qu'il a soixante-quinze ans et vit à San Francisco, la ville monstrueusement agrandie par la ruée vers l'or, qui n'existait pas au moment où il observait les oiseaux. Il se penche sur ce monde disparu, depuis le pays neuf et violent qu'il voit émerger au matin du XXe siècle, et qui ne semble ne plus voir dans cette Nature où il a grandi qu'une ressource à exploiter. Dans cette ferme installée au bord du monde policé, il connut une enfance rude et sauvage, pas toujours facile, mais à laquelle il est reconnaissant de lui avoir appris l'essentiel, l'essentiel au sens propre : l'essence, la vie, l'amour de toutes les créatures.

La ferme, et surtout celle-ci bâtie si loin des routes et des villes, offre un cadeau inestimable aux jeunes garçons qui y vivent : la connaissance des animaux comme compagnons sensibles et mortels. Ils apprennent à les respecter, à les aimer, et même à conquérir un peu de leur affection, car l'animal veut bien être le compagnon fidèle de l'homme si on lui offre un peu de considération. Propos naïfs d'un vieux monsieur qui se souvient avec attendrissement de son enfance et la pare de couleurs pastels ? Ou profonde conviction d'un presbytérien amoureux de la Nature, persuadé qu'« ainsi croît, prospère et s'étend une divine sympathie qui va bien au-delà des leçons des écoles et des églises, lesquelles enseignent trop souvent une doctrine étroite, obscurantiste et sans amour, selon laquelle les animaux n'ont ni esprit ni âme, ni aucun droit que nous soyons tenus de respecter, et n'ont été faits que pour l'homme, qu'ils soient choyés, gâtés, massacrés ou réduits en esclavage ». On croirait une prédication végane contemporaine, mais ce sont ses mots, que je recopie tel qu'ils ont été écrits, parce qu'une telle vision de la Nature, je ne saurais la paraphraser sans la déformer. Cette sensibilité aux choses de la Nature enracinée dans l'amour universel et le divin est devenue comme une étrangeté, mais parler de Muir autrement qu'avec ces mots-là serait trahir sa pensée.

Dans ses mémoires de vieux monsieur attendri, il raconte Jack le poney indien qui leur a appris de lui-même à le monter, il raconte Nell et Nob, les deux juments de trait aux caractères si opposés, l'une contrariante et têtue, et l'autre si intelligente, si joueuse et affectueuse qu'elle fut pleurée comme un enfant quand elle mourut. Il raconte les bœufs, patients et laborieux, emplis de sagesse, pas deux pareils pourtant, et le petit John trouvait en chacun une part d'humanité dans l'expression de leurs yeux fatigués, dans le ton de leur beuglement quand ils avaient faim, dans leur respiration profonde et bruyante quand ils fournissaient un effort. Ils bâillaient quand ils avaient sommeil, ils poussaient des soupirs soulagés quand ils se reposaient, ils apprenaient des bribes de toutes les langues européennes pour obéir aux humains de toutes provenances, ils rendaient volontiers service, étaient pleins d'une lente affection, et éprouvaient une grande tristesse quand l'un d'eux était tué, un triste abattement qu'il ne pouvait appeler autrement qu'un deuil.

Il découvrit que les animaux sont sensibles à la mort, à leur propre mort, et à celle de leurs compagnons, ce qui contredit cette définition courante du propre de l'homme, qui serait le seul être conscient qu'il est mortel. Les animaux ont de la mémoire, de la crainte et de l'inquiétude, ils comprennent ce qui leur arrive, comprennent quand on leur en veut et comprennent quand on les aime. Cette extension de l'humanité à l'ensemble des êtres vivants lui fit se poser cette question surprenante, à laquelle je n'avais jamais pensé avant de la lire sous sa plume : « Il est étrange que l'on puisse parcourir les forêts sans voir la moindre trace de sang. La plupart des animaux sauvages viennent au monde et le quittent sans que personne ne s'en aperçoive. » La différence est que nous célébrons les morts, tandis que la Nature, en silence, réabsorbe les corps, les plumes, le sang, on ne remarque rien.

D'où lui vient cet intérêt pour la mort ? Pourquoi cette considération paisible et répétée pour cet aspect-là de la vie ? De la métaphysique spontanée des enfants sans doute, et du catéchisme permanent de sa famille qui évoque sans cesse l'Au-delà, le Jugement et la Fin des Temps, mais également une intuition aiguë des mécanismes de la Nature où vie et mort s'entrepénètrent et s'entreconditionnent en un cycle en rotation permanente. À la définition des Lumières que donne l'Encyclopédie au XVIIIe siècle (« La vie est le contraire de la mort »), poursuivie par celle, plus dynamique, de Bichat au début du siècle suivant (« La vie, c'est l'ensemble de tous les mécanismes qui s'opposent à la mort »), s'ajoute celle de Claude Bernard qui, dans les années 1850, tranche la question d'un aphorisme brutal : « La vie c'est la mort. » Il signifie par là que l'être vivant ne se maintient en vie qu'en avançant constamment vers la mort, détruisant d'un côté, créant de l'autre, vivant tant que cet équilibre se maintient. Le petit John assis dans l'herbe éclatante du Wisconsin, bien loin des laboratoires parisiens du premier des physiologistes, semble s'être approprié l'essence de cette conception, comme si elle flottait dans l'air du temps, prête à être attrapée par un garçon observateur et sensible, pour peu qu'il soit imprégné de cet animisme presbytérien qui fait de tous les vivants une manifestation de Dieu.

À dix ans, il n'y pensait pas consciemment, il ne faisait que le ressentir, troublé par les mille événements de cette nature énorme qui les englobait, où la mort se manifestait comme un météore régulier. Un soir d'été, un pic à tête rouge se noya dans le lac, et il ne put rien faire.

John fait quelques pas au bord de l'eau, profite de la fraîcheur, regarde les libellules, et il entend un affreux gargouillis, un bruit qu'il ne reconnaît pas, il s'approche et voit l'oiseau déjà mort flotter sans bouger, ses ailes étendues. Il avait dû toucher l'eau en poursuivant un moucheron et s'affoler. Il était mort en bataillant contre le lac qui l'aspirait, comme lui le jour où il apprenait à nager et qu'il avait tenté de gagner l'eau profonde et avait coulé. Il s'était étranglé d'eau, avait paniqué, agité bras et jambes, et finalement s'en était sorti par un vigoureux appui sur le fond. Le pic, non, il n'a pas de jambes. Il avait sans doute perdu la tête, de peur et de désarroi, car s'il avait gardé son calme il aurait pu revenir à la nage. Il se dit ça, le petit John au bord du lac, devant le corps du pic flottant à l'envers, déjà harcelé de moucherons, il regrette d'être arrivé trop tard pour le sauver. La mort des animaux l'émeut, non pas en général, mais en particulier, comme des destins brusquement interrompus par des circonstances qu'il peut comprendre, parce que lui-même aurait pu être dans la même situation.

L'hiver suivant, il découvre une mort moins triste, plus enviable, plus confortable et apaisée que le triste accident du pic. En abattant un arbre, car c'est l'hiver que l'on abat les arbres, il découvre entre les racines le nid d'un spermophile, et le spermophile complètement gelé sur son matelas d'herbes sèches. Lui était mort sans affolement, dans son sommeil, enroulé dans sa queue et entouré de toutes ses provisions d'hiver. C'était là une mort sereine de bourgeois balzacien sous son édredon, bonnet de nuit sur la tête, endormi pour toujours sur son matelas de billets de banque, tout neufs et repassés. Il le prend délicatement avant d'arracher la souche, revient dans la maison avec dans la main le petit animal rendu tout rigide par ces hivers à moins vingt, tente de le réchauffer auprès du poêle, mais en vain. Il avait essayé. Il prend chaque animal en considération, celui-là, il l'enterre en creusant au pic la terre gelée. À la différence de la plupart des jeunes gens des fermes voisines, il ne chasse pas.

En vivant dans cette ferme aux confins du monde défriché, John Muir grandit et se forma avec un pied dans chacune des deux réalités qui coexistaient alors : un dans l'Écosse ordonnée et studieuse, l'autre dans la Grande Sauvagerie qui s'étendait au-delà des champs de son père. Et chez l'homme qu'il devint se produisit ce miracle qui n'a pas si souvent lieu, d'être à la fois très ouvert au monde et conscient de ce monde. Il fut à la fois un produit typique du XIXe siècle machinique et matérialiste, et en lien profond avec ce qui l'entourait, arbres et fleurs, animaux de toutes sortes, ciel et lac. Il sentait tout vivre autour de lui animé de la même essence vitale, il en était conscient, il observait, il vivait, il notait. Jeune adulte, il sera prêt à être ce qu'il sera le reste de sa vie : à la fois naturaliste et gyrovague, vagabond et clochard céleste, poète de l'instant, curieux et méthodique, se baignant tant qu'il le pouvait dans le poème liquide de la Nature, qui l'accueillera partout où il ira comme étant une part d'elle-même.

Et puis il vit vraiment les pigeons migrateurs comme Audubon les avait décrits. À l'automne, ils descendaient vers le sud en vols épais qui s'étendaient d'un horizon à l'autre et qui passaient toute une journée durant au-dessus du Wisconsin, des vols sombres agités de tourbillons comme des vagues géantes giclant d'une écume noire. Ces vols suivaient les courbes du relief, moulaient le paysage d'un voile mouvant qui parfois s'abattait d'un coup et ils dévoraient tout. Ils se gavaient de glands et de faines, nettoyaient des milliers d'hectares de toute graine, et quand ils se reposaient après manger, leur petit ventre gonflé et leurs ailes engourdies, ils se laissaient approcher facilement, ils tendaient leur cou et montraient leur poitrine d'un beau rouge irisé, encadré d'or et d'émeraude. Sans doute bâillaient-ils, près de s'assoupir, les yeux mi-clos. Un coup de fusil faisait le repas.

« Oh qu'ils sont beaux ! s'écrièrent les petits garçons en les voyant pour la première fois.

– Je reconnais que j'ai jamais vu de viande dans un si joli paquet, répondit un chasseur qui en rapportait toute une guirlande. Mais ils nous sont envoyés pour être mangés… comme les cailles envoyées par Dieu à son peuple élu, quand ils mouraient de faim dans le désert, passé la mer Rouge. »

Ils étaient si nombreux, si dodus, si confiants, ces pigeons bourrés de glands, que les Canadiens français les appelaient *tourtes voyageuses*, comme pour rappeler leur destin de finir comme farce dans une tarte à la viande (mais c'est une blague, tourte n'est qu'un dérivé de tourterelle) ; ils semblaient tellement créés tout exprès pour nourrir les pionniers du Nouveau Monde, les pèlerins de cette terre promise, que tous se sentaient les mériter, et les tuaient, les ramassaient, se servaient sans compter.

Le dernier mourut au zoo de Cincinnati le 1er septembre 1914, tout dernier représentant d'une espèce qui fut innombrable, et Muir mourut à Los Angeles le 24 décembre de la même année ; quelque chose se passait, on changeait sans doute de monde en cette année 1914. Et en 1974, dans la pénombre inquiétante du musée d'Histoire naturelle où ma grand-mère m'avait amené, devant un cadavre orné de plumes d'un beau rouge iridescent, qui tentait désespérément par un contrapposto de statue, de mimer le mouvement sur le petit perchoir où il était cloué pour l'éternité, j'apprenais que les espèces étaient mortelles.

4

L'HOMME-MACHINE, COMMENT IL LE DEVINT, ET COMMENT IL S'EN SORTIT

Et puis comme dans *Le Foin qui presse*, cette chanson de Gaston Couté où, au soir de ses noces, la jeune mariée doit en toute hâte ôter sa robe et prendre la fourche, car l'orage menace et il faut rentrer le foin, comme sur elle, cette malheureuse « esclave de la terre jalouse qui commença par lui voler sa première nuit d'amour », l'agriculture s'abattit brutalement sur les jeunes Muir.

Ils étaient au bout du monde, ne dépendaient que d'eux-mêmes, et le père n'était pas le genre à penser à autre chose qu'au travail, qu'il voyait comme le seul sain désir qu'un homme puisse avoir, et aussi une juste punition pour rabaisser en lui l'orgueil de vivre. Ils devinrent des machines agricoles, dirigées par la volonté inflexible de leur père.

Des hommes-machines : j'emploie là une métaphore, même si elle est une image exacte des fantasmes du père, mais dans la vie de John Muir, il y eut ce rapport intime aux machines, qui est un des aspects les plus étranges de sa personnalité, je le dis parce que je ne le comprends pas très bien.

L'affaire commence banalement : avec tout ce qu'ils font, il n'a pas le temps de lire. Il a quitté l'école à onze ans, il n'y est pas retourné, il travaille aux champs, avec son père, sa mère, ses frères et ses sœurs, ils travaillent en permanence. Lever six heures, coucher vingt heures, pause à midi, la totalité du temps occupé à des tâches agricoles, labourer, semer, récolter, fabriquer, réparer, abattre, débiter, engranger, égrener, dégermer. Rien d'autre. L'été, ils moissonnent par quarante degrés et vivent dans leur sueur nuit et jour ; l'hiver, il fait moins vingt, la maison n'est chauffée que d'un fourneau de cuisine minuscule et au matin il faut enfiler des chaussettes raidies de glaçons.

La vie avançait, sans joie mais avec méthode, c'était selon leur père la condition humaine : avancer humblement sous le joug le long de ce chemin de devoirs dont la difficulté en attestait l'importance et la vérité. Et quand se déployait dans le ciel une aurore boréale, cela était pour leur père encore une confirmation de l'excellence de ses choix. Devant la porte, il les appelait : « Venez voir ! Venez voir ! Venez tous voir la gloire de Dieu !... Faites silence... admirez... adorez... c'est sûrement le manteau du Seigneur... »

John, qui était l'aîné, déployait une belle énergie pour exceller dans tous les travaux physiques, au point d'en compromettre sa croissance. Il fauchait à toute vitesse, il menait la charrue en expert, il fendait le bois avec une perfection de machine pneumatique.

Son père était obnubilé par le travail ? Eh bien, il excellerait dans le travail. Il travaillait plus encore que les voisins, ces Écossais, Anglais, Irlandais qui travaillaient déjà trop. Aucun n'avait été propriétaire dans son pays, et ici ils délimitaient des champs énormes par des barrières rectilignes, alignaient leur maïs au cordeau, entouraient leur maison impeccable de massifs de fleurs : une mauvaise herbe les désolait, le vol d'un épi par un spermophile les désespérait. « Cet excès de minutie était cause de travaux et de tracas interminables », on en faisait peut-être un peu trop, suggère Muir, des années plus tard.

Mais lire, comment pourrait-il en être question ?

Quand, au bout de huit ans de travail, la ferme fut bien bâtie, bien enclose, bien mise en ordre, assez prospère, et qu'ils se furent sortis vivants de ces affreux chantiers, leur père acheta un nouveau lot de terre et entreprit de construire une autre ferme. Tout recommençait.

Celle-là était plus au sec, plus en hauteur par rapport au lac, il lui manquait une source. Ils décidèrent de creuser un puits. Trente mètres. Après trois mètres de terre, c'était la roche, un grès dur à grain fin. On leur conseilla d'y aller à l'explosif, mais ils ne savaient pas s'y prendre. Faute de dynamite, le père Muir avait l'inépuisable ressource de ses fils. Et John, le bon fendeur de bûches, fut désigné pour la tâche. On le descendait le matin, on le remontait le soir, toute la journée il creusait le boyau vertical d'un mètre de diamètre à la masse et au burin, il évacuait les débris par le seau qui un jour remonterait de l'eau. Cela dura des mois. Il progressait centimètre par centimètre, on lui descendait son repas, il creusait. Il faillit mourir d'une accumulation de gaz carbonique, on le retira *in extremis* en voyant qu'il ne répondait plus aux tractions de la corde, mais obstiné il continuait, il descendait lentement vers le centre de la Terre, à coups de marteau. À force de patience, la rivière finit par user la pierre… et vers trente mètres, il y eut de l'eau. « Jamais mon père ne passa une heure dans ce puits. Il me faisait confiance pour le creuser parfaitement droit. Ce que je fis. » J'ai l'impression de lire l'inscription qui orne le tunnel de Foum Zabel au Maroc, à travers un massif de granite : « La montagne barrait la route. L'ordre fut donné de passer quand même. La Légion l'exécuta. » Il y a quelque chose de l'obstination du légionnaire chez Muir. Il décide, il fait, et c'était impossible à tout autre que lui. Il y a chez Muir une ténacité exceptionnelle, une avancée pas à pas vers le but en traversant les obstacles, et le corps, sa fatigue et ses limites ne semblent compter pour rien. L'héritage de son père sans doute, mais sans cette volonté d'expier quoi que ce soit. Il fait, sans fureur ni violence, regard candide et sourire léger, l'humour tranquille le sauve. « Tu me vois parfois comme un tyran, mais tu verras, les étrangers sont plus durs encore », lui dit son père comme une prophétie. Au contraire, à la fin de sa vie, il déclara n'avoir surtout trouvé dans le monde que sympathie et gentillesse. De toute façon, où qu'il aille, quoi qu'il fasse, c'était toujours plus agréable que l'enfer de vertus où il passa sa jeunesse.

Quelque chose en Muir a survécu à cette éducation efficace et inhumaine : une lucidité, un regard clair que l'on aperçoit sur les photos, une gentillesse extrême, une douceur dans les traits et dans la pose. Quelque chose d'humain est resté intact en lui, à l'abri de ce corps de fer capable de tous les exploits. Il y a là sans doute quelque miracle, le miracle de l'humanité résistant à toutes les violences, à toutes les vicissitudes. Je ne sais pas comment ça marche ; acceptons-le.

Et lire, alors ? Pas le temps, bien entendu.

Vers quinze ans, un violent désir de livres jaillit en lui comme une source miraculeuse. Ou alors revint, puisqu'en son enfance il avait autant aimé les livres que les virées en bandes dans la campagne. Mais quatre ans s'étaient écoulés, entièrement emplis de dessouchage et fenaison, sans même les agréments de la conversation, puisque les repas étaient pris en silence, car c'est rendre hommage aux aliments dispensés par le Créateur que de les consommer avec dignité, sans jamais rire, sans plaisanterie, sans anecdote, sans rien de plaisant qui détournerait de la gratitude.

Dans ce désert, dans ce qui nous semble – ou alors me semble à moi – un désert désespérant de l'esprit et de la parole, jaillit un désir de livres, un désir de savoir longtemps comprimé, et Muir pressa son père de lui acheter un manuel d'arithmétique. Les mathématiques n'offensant pas Dieu, au contraire, puisqu'elles rendent compte de Sa Perfection, la demande lui fut accordée. Entre la fin du repas et le départ pour les travaux d'après-midi, une demi-heure sans doute, Muir lisait. Il se perfectionna en algèbre, géométrie, trigonométrie, puis il fit le tour des voisins, dont certains avaient apporté d'Europe quelques livres. Il trouva des auteurs antiques, de l'histoire religieuse et des romans de Walter Scott – interdits comme tous les romans – qu'il lisait en cachette avec un plaisir intense. Comme il goûtait la poésie de la Bible, il voulut connaître les poètes, et il se prit d'une passion pour la grande littérature anglaise, allant jusqu'à baiser les pages où couraient les meilleurs vers en pleurant d'émotion. Dans une ferme au fin fond du Wisconsin, un jeune garçon aimait tant la poésie anglaise qu'il en embrassait les pages qu'il lisait quelques minutes par jour. Mais ça, je le comprends, je comprends cette intensité. Dans la maison isolée que mes parents avaient fait construire en pleine campagne, je lisais furieusement, et par les interstices d'une vie réglée, je voyais la littérature me faire signe. C'est toujours ainsi que la littérature vient aux jeunes gens : comme une terre promise.

Les travaux des champs continuaient avec leurs horaires effrayants, son père voulait que rien ne soit distrait du seul but de la vie humaine : le salut par le devoir. Alors John volait un peu de temps. La règle était stricte : au lit après le repas et la prière, en hiver à huit heures. Discrètement il s'attardait à la cuisine avec une chandelle et un livre, tout le monde allait se coucher, on l'oubliait un instant, il lisait. Il volait quelques minutes jusqu'à ce que son père redescende et lui ordonne d'aller se coucher. Ce qu'il faisait. Chaque soir il lisait ainsi cinq minutes, dix parfois quand son père était distrait, et c'était alors comme des vacances, il en tirait un plaisir immense.

Ça, je peux le comprendre. Le temps de lire, toujours se vole, aux devoirs, au sommeil, aux autres : le moment où l'on est seul en silence à parcourir une à une toutes les lignes écrites n'est jamais un temps accordé, mais un temps dérobé, c'est un temps injustifiable, provocant, parce que soustrait aux tâches et aux liens, c'est le lieu d'une jouissance solitaire, et la jouissance solitaire n'est jamais de droit. Je comprends, pour l'avoir vécue, bien qu'en général on ne m'ait pas interdit de lire, mais je lisais trop. Trop par rapport à ce que l'on autorisait comme lecture raisonnable, alors enfant je lisais la nuit après que l'on m'ait envoyé me coucher, tremblant que l'on me découvre, je lisais à la lampe de poche sous la couverture, en guettant les grincements de l'escalier. Adulte, je lisais sur mon lieu de travail, entre deux tâches, exploitant des petits moments de rien pendant que les autres bavardaient devant la machine à café. Je lisais dans le métro, dans le train, dans l'avion, et père de famille, j'étais heureux de me lever avant mes enfants pour lire encore. « Tu as le temps de lire ? me demandait-on, un peu soupçonneux. – Je le prends, répondais-je. – Je ne vois pas comment tu fais… » Je haussais les épaules.

Le temps passé à lire est toujours soustrait au temps social, c'est vrai en tout temps, dans la maison de mes parents aux murs couverts de bibliothèques ou dans la maison des Muir toute consacrée aux travaux éreintants de la ferme et qui ne connaissaient que la Bible.

Un soir quand même, son père s'énerve.

« Il faut que je vienne chaque soir te dire d'aller te coucher ? Je ne tolère aucun écart dans la famille. Tu dois te coucher avec les autres. »

John obéit, il ferme son livre, prend sa chandelle, et se dirige vers sa chambre.

« Et si tu as envie de lire, lève-toi plus tôt le matin ! » conclut son père, de ce ton d'ironie inimitable des parents qui lancent comme une provocation un défi irréalisable à leur progéniture. « Ah, tu vois… » sera la réplique suivante, assénée quelques jours après, quand l'enfant aura échoué…

Mais il s'agit de John Muir.

En s'endormant, il souhaite très fort se réveiller tôt. Quand il ouvre les yeux, il jaillit de son lit, traverse la cuisine glacée, et voit sur la pendule qu'il est une heure du matin. Quelle joie ! Cinq heures de liberté avant que tout le monde se réveille. Mais qu'en faire ? Il fait trop froid pour lire, fendre du bois en pleine nuit aurait réveillé tout le monde, alors il descend à la cave pour travailler au projet de scie automatique qu'il a inventée.

Il n'a pas d'outils ? Il en fabrique avec du fil de fer et de vieilles limes, il taille une scie à découper avec une baleine de corset (dont je me demande comment elle a pu se retrouver dans la cave d'une famille si austère. Mais c'est sans doute un changement de point de vue : ce qui apparaît aujourd'hui comme un accessoire érotique n'était alors qu'un élément de bonne tenue). Il n'a que du bois ? Il réalisera tout en bois, roues dentées, arbres à cames, cliquets. Assis sur un tabouret dans la cave, devant le petit établi qui sert à réparer les outils agricoles, éclairé d'une chandelle, il considère une chute de chêne que son père a découpée d'une planche, et gardée parce qu'il garde tout. Le grain est fin, le fil est droit, le bois dense : il résistera. Avec un clou, une ficelle, un morceau de crayon de charpentier, il trace un cercle et, en respectant bien les angles, trace toutes les dents d'un engrenage. Ensuite il scie, avec la baleine de corset dans laquelle il a entaillé de petites barbelures, il polit pour que rien n'accroche. Au ciseau, il creuse un trou central, carré. Voilà une pièce de mécanique achevée, imposante, car en bois, mais parfaitement finie. Il entend des pas sur le plancher, il est six heures, la famille se lève. Il les rejoint, commence une nouvelle journée de travaux agricoles, dans le silence. Chaque nuit il se lève à la même heure, réduisant de moitié la durée de son sommeil, et dans une température de glacière il construit sa machine.

Au bout de quelques semaines passées à craindre que son père ne surgisse dans la cave pour le renvoyer se coucher, celui-ci prend la parole durant le repas. Il se racle la gorge, c'est un signal, tout le monde s'immobilise, il parle ; c'est toute une cérémonie.

« John, à quelle heure tu te lèves le matin ?

– Vers une heure…

– C'est une heure pour se lever ? En plein milieu de la nuit ? Pour déranger tout le monde ? »

John baisse la tête, et rappelle la permission qui lui avait été accordée.

« Je sais… » La voix de son père baisse d'un ton, elle est presque plaintive. Il l'a dit, alors impossible de se reprendre : ses règles strictes s'appliquent à lui-même. Et d'abord à lui-même. « Je te l'ai donnée, cette fichue permission… je n'avais pas imaginé que tu te lèverais en pleine nuit… »

John, prudent, n'ajoute rien. Le repas se poursuit, et chaque nuit il se lève pour terminer sa machine. Il l'installe près d'une rivière, elle fonctionne.

Il continue, il fabrique thermomètres et baromètres, des appareils automatiques pour nourrir les chevaux, pour allumer une lampe sans la toucher, pour se lever à l'heure. Puis il se met en tête de construire une pendule. Un chronomètre qui sonnerait en donnant l'heure, indiquerait le jour de la semaine, le quantième du mois, qui secouerait le lit pour le réveiller à l'heure dite, et allumerait le feu tant qu'on y est. Pour ça, il connaît les lois mathématiques qui régissent le mouvement du pendule, lues dans un livre de physique, mais il n'a jamais vu l'intérieur d'une horloge, ni même d'une montre. Il réfléchit, longuement. Il conçoit la pendule dans sa tête, il se représente le mouvement du balancier, et puis l'entraînement des roues dentées, logiquement et pas à pas il reconstitue l'architecture d'une horloge ; puis il la construit en bois. Durant des semaines, il emporte des pièces de bois dans sa poche, et les taille au couteau pendant les pauses des travaux des champs. Il assemble tout, il lance le pendule lesté d'un galet, elle marche ; elle donne l'heure, la date, et elle sonne.

Là, je ne comprends plus. Jusque-là, ce que fait John Muir est stupéfiant, mais je peux me le représenter : il suffit d'être plus sensible, plus vigoureux, plus décidé que je ne le suis pour accompagner l'homme dans ses vagabondages. Mais là ! Inventer une horloge à complications, à partir du seul principe du pendule lu dans un livre, la sculpter en bois avec un couteau de poche, et qu'elle fonctionne ! Je ne sais pas comment c'est possible.

Certaines de ses machines ont été conservées. Elles sont en bois, elles sont étranges, elles sont à mi-chemin des inventions de Léonard de Vinci et des dessins de Francis Picabia, les premières n'ayant jamais été réalisées, et les secondes n'étant pas conçues pour fonctionner. Comme s'il y avait eu une ère des machines, commencée au XVe siècle par les rêveries de Léonard, et achevée au XXe par l'ironie de Francis, avant il n'y en avait pas, après il n'y en eut plus parce qu'était venu l'âge de l'information ; et au milieu, il y eut l'apogée, le XIXe siècle, le moment où les machines sont construites et agissent : le temps de l'horloge à complications de John Muir.

Mais comment a-t-il pu tout réinventer à partir du seul principe du pendule ? C'est un mythe, un fantasme épistémologique, c'est une figure romanesque : c'est Cyrus Smith, l'ingénieur échoué sur *L'Île mystérieuse* avec quelques compagnons, sans outil ni équipement, et qui par la seule puissance de la raison et de son savoir reconstitue les sciences et techniques de son siècle. En lisant *L'Île mystérieuse*, j'y voyais un mythe prométhéen, Robinson réactualisé par Jules Verne en démiurge techniciste, je n'y voyais qu'une figure romanesque, et puis voilà : John Muir. Tout est donc vrai.

Mais peut-être est-ce parce que je ne comprends pas les machines que ça me fait cet effet-là.

Son père, inspectant l'engin avant qu'il ne soit prêt, lui demande l'air de rien :

« John, qu'est-ce que tu fabriques exactement ?

– Je ne sais pas trop comment l'appeler…

– Tu veux dire que tu ne sais pas à quoi tu travailles ?

– Oh si…

– Alors à quoi ça sert ?

– À des tas de choses… à se lever tôt… c'est une machine à se lever tôt. »

De la part de celui qui se levait à une heure du matin, cela semble si étrange que son père a un léger sourire, ce qui vaut pour lui un éclat de rire. Il se reprend.

« Tu ne crois pas que c'est mal, de perdre ton temps à ces bêtises ?

– Non…

– Si. Et si tu mettais autant d'efforts à étudier la religion qu'à bricoler des trucs sans queue ni tête, ce serait mieux pour toi. »

Il ne dit rien de plus, John ne répond pas, quelques jours après, la machine s'anime avec un tic-tac régulier. Quand elle sonnait, son père venait voir, il observait le mécanisme de bois qui se mettait en branle. Il ressentait sûrement un peu de fierté, mais n'en dit jamais rien.

Sa maman, dont il est si peu question dans ces récits d'hommes (alors, appelons-la comme ça, maman, les mamans sont éternelles, discrètes, et n'ont pas d'histoire : c'est tout à fait elle) ne cache pas son admiration. Elle le voyait bien pasteur, ses sœurs le voyaient plutôt en inventeur et, devant l'horloge, elle s'exclame : « Oh, John ! Peut-être qu'un jour tu seras un grand voyageur, comme Mungo Park, ou Humboldt ! – Va pas mettre des idées comme ça dans la tête de ce garçon ! » réagit son père, réprobateur et solennel. Pour lui, tout éloge est toxique, il n'en fait donc pas.

On peut s'arrêter un instant sur l'exclamation de sa mère, sans doute la seule parole que Muir ait jamais rapportée d'elle. Si elle l'imaginait pasteur, c'était en raison de ses capacités : en Écosse, le pasteur est l'intellectuel du village. Mais à la vue de ce prodige de l'horloge en bois qui donne l'heure et qui sonne, fabriquée par son fils la nuit dans la cave, elle l'imagine tout autre, naturaliste, explorateur, voyageur, comme Mungo Park, le héros écossais qui suivit le cours du Niger inexploré, ou Humboldt, savant allemand universel qui parcourut les Andes, connut les fleurs et les arbres, et correspondit avec les scientifiques de son temps. Ce saut de l'objet concret jusqu'au projet de vie est mystérieux, mais parfois les mamans éperdues d'admiration ont des fulgurances prophétiques. Peut-être est-ce elle qui lui suggéra ce jour-là qu'il méritait de s'affranchir de l'abrutissant travail de la ferme, et d'aller courir le monde en toute liberté. Ce qu'elle-même ne put jamais faire, vissée à la ferme et à sa famille par son état de femme, il le fera.

John continua d'inventer et de construire, il gagna une réputation de génie dans les campagnes du Wisconsin. Il construisit un objet dont j'ignorais qu'il puisse exister : un thermomètre, basé sur le principe de la dilatation des métaux. C'était une barre de fer, quatre-vingt-dix centimètres de long, seize millimètres de diamètre, récupérée sur un chariot. Sa dilatation et sa contraction animaient une série de leviers qui faisaient tourner une grande aiguille sur un cadran d'un mètre de diamètre. On pouvait voir la température de loin. Jusque-là, je comprends, la dilatation en fonction de la température, je comprends, la multiplication des forces par les leviers, je comprends. Mais cet appareil si simple était si sensible qu'il suffisait que quelqu'un s'en approche à environ un mètre pour que l'aiguille bouge, et qu'il s'en éloigne pour qu'elle revienne à la normale : il avait fabriqué un appareil à détecter la chaleur humaine. Les voisins, et même son père, pour qui éteindre toute étincelle d'orgueil et de confiance était pourtant un devoir sacré, virent là une grande merveille. Moi aussi.

Qu'allait-on faire de ce gaillard ? Habile, inventif, mais timide et casanier. « J'aimerais, pensait-il alors, passer un certain temps parmi les machines. » Son père lui ayant inculqué une bien faible estime de lui-même, les machines lui paraissaient des compagnes suffisantes, assez affectueuses pour remplir une vie. Plus d'un siècle avant l'invention de l'ordinateur, il est le premier geek, en bois. Un voisin lui conseille de présenter ses constructions à la foire nationale.

« Mais ce sont des objets en bois !

– Justement ! Il n'en existe pas d'autres. Tu attireras l'attention avec des machines en bois qui sortent du fin fond de la forêt. »

Il réfléchit, hésite, se décide. Il en parle à son père.

« Au cas où j'aurais besoin d'argent, tu m'en enverrais un peu ?

– Non. Débrouille-toi. »

C'est net. Il a encore la pièce d'or que lui avait donné son grand-père en Écosse, la veille de son départ, et une dizaine de dollars gagnés en cultivant pour lui-même un petit terrain abandonné.

« La séparation d'avec maman et mes sœurs fut, bien sûr, difficile à supporter », écrit-il, et ce *bien sûr* renvoie à leur absence totale dans le récit de ses souvenirs. *Bien sûr* : pas la peine de développer. Et il ne développe pas.

Il charge ses deux horloges et un thermomètre sur un chariot, et son frère le conduit jusqu'à Pardeeville, quinze kilomètres plus loin. Il le dépose à l'auberge et fait demi-tour, John Muir entre dans le monde, accompagné de ses seules machines.

L'aubergiste le regarde.

« Mais qu'est-ce que c'est que ça ?

– Des machines pour donner l'heure et se lever tôt, etc.

– Ah… très bien. Mais où as-tu trouvé les plans ?

– Dans ma tête… »

Quelqu'un s'approche, puis d'autres, et tout un attroupement se crée autour des horloges de bois.

« Qu'est-ce que c'est ?

– Des machines pour donner l'heure et se lever tôt, etc.

– Ah… »

Les gens incrédules observent, examinent, discutent. Certains n'y croient pas, mais tous s'accordent à dire que ce jeune homme doit être extrêmement brillant.

Le lendemain, le train arrive à la gare dans un grand vacarme, c'est le premier train qu'il voit de toute sa vie.

« Qu'est-ce que c'est que ce bagage ? demande le chef de gare.

– Des machines pour donner l'heure et se lever tôt, etc.

– Ah… mets-les dans le fourgon. »

Muir installe son bagage, puis demande s'il peut monter dans la motrice, cette si belle machine, si puissante, son métal frémissant de force brûlante.

« On va voir. »

Ils vont voir les mécaniciens.

« Ça t'arrive de prendre un passager ?

– C'est rare.

– C'est celui qui a mis en fourgon ces drôles de machines.

– Monte alors. »

Quand le train eut démarré, il l'interroge sur ces drôles de machines avec lesquelles il voyage.

« Des machines pour donner l'heure et se lever tôt, etc.

– Ah… »

Muir visite la locomotive, assis sur le chasse-bœuf il a l'impression de voler. Arrivé à Madison, il reprend son bagage et gagne le champ de foire. À l'entrée, il demande un billet et déclare avoir quelque chose à exposer.

« Quoi ?

– Des machines pour donner l'heure et se lever tôt, etc.

– Faites voir… Oh ! mais vous n'avez pas besoin de billets ! Entrez ! Allez-y ! »

On l'installe au pavillon des Beaux-Arts, il met les horloges en route et les visiteurs commencent d'affluer, intrigués par ces mécanismes taillés dans du bois, dont on voit les mouvements, entraînés par des balanciers lestés de galets. Et ça sonne, à l'heure, on est stupéfait qu'un garçon tout seul dans une petite ferme ait pu réinventer l'horloge. On écrit des articles sur lui, il reçoit un prix.

« Qu'est-ce que c'est ? demande-t-on.

– Des machines à donner l'heure et se lever tôt, etc. »

C'est beau comme un conte de Grimm, où la même formule mystérieuse est toujours répétée, et à la fin le jeune homme pauvre triomphe.

Un inventeur, qui exposait un bateau sur patins pour naviguer sur les fleuves gelés, propose de l'engager dans son atelier, mais cela ne lui convient pas. Il fabrique et vend quelques-uns de ses lits qui le matin mettent le dormeur sur pied grâce à un mécanisme d'horlogerie, mais je ne comprends toujours pas comment ça marche. Il exerce encore quelques petits métiers, mais rêve d'entrer à l'université du Wisconsin. En attendant, il flâne autour du campus, de ses lacs et de ses pelouses, de ses arbres magnifiques, n'en revient pas que l'on puisse venir ici et ne faire qu'étudier, toute la journée. Il rencontre un étudiant, bavarde avec lui.

« Vous avez de la chance… j'aimerais tellement me joindre à vous.

– Et pourquoi pas ?

– Je n'ai pas d'argent.

– Ce n'est pas si cher… »

Le petit fermier tout tremblant tente sa chance, il va s'inscrire auprès du directeur, dans son bureau tapissé de livres reliés, et on l'accueille avec une bienveillance qui le surprend. En ces temps de fondation de l'Amérique, il n'était pas si difficile d'entrer à l'Université : payer de modestes droits d'inscription suffisait, on ne demandait rien de plus, et le diplôme obtenu ne vaudra que ce que l'étudiant arrivera à en faire. John retrouva le même livre de latin qu'il avait étudié en Écosse, et douze ans après l'avoir refermé, il l'ouvrit à nouveau et continua ses études. Miracle de la mémoire, tout ce qu'il avait appris à Dunbar, qu'il n'avait jamais utilisé depuis, revint d'un coup.

Il resta là quatre ans.

Il travaillait pour gagner de quoi vivre et payer ses frais d'enseignement, l'été il s'engageait comme ouvrier agricole, il lui arriva d'être maître d'école, répétiteur, il revenait l'été à la ferme familiale.

Il continuait d'inventer des machines, car « *Muir had a mind for machines* », beau raccourci définitif que j'ai trouvé dans un documentaire, qui est assez peu traduisible dans sa compacité anglaise. Il fabriqua un *alarm clock desk*, là aussi la propriété accumulative de l'anglais est difficile à rendre en français alors je laisse ainsi, c'est un bureau, un réveil, un organisateur, un genre d'ordinateur portable tout en bois qui est conservé à l'université du Wisconsin. On y conserve aussi des plans, à l'encre bistre sur papier jauni, on croirait les carnets de Léonard de Vinci, mais ni l'objet ni les plans ne donnent une idée très claire de comment ça marche.

À l'heure dite, la machine le mettait sur pied, allumait en même temps une lampe, lui laissant quelques minutes pour s'habiller, puis dans une suite de déclics et de grincements lui présentait un livre ouvert, pendant les quelques minutes nécessaires à lire la leçon prévue. Le mécanisme se déclenchait à nouveau, les roues de bois tournaient, s'engrenaient, le livre était refermé, rangé dans un casier ; le livre suivant apparaissait ouvert à la bonne page. Et ainsi de suite. J'ai encore de la peine à croire que l'on puisse faire ça en bois, par les seules vertus de la mécanique.

L'été, le soleil lui-même assurait son réveil : une lentille fixée à la fenêtre concentrait les rayons sur un fil qui se rompait, laissait tomber un poids, actionnait des poulies, déclenchant le programme de réveil et d'apprentissage de l'*alarm clock desk*. Pour modifier l'heure de lever, il suffisait de faire pivoter la lentille du nombre de degrés convenable.

Cette machine existe vraiment, il faut le répéter tant elle est improbable, mais elle n'eut aucune descendance, elle reste là où elle fut inventée, en un seul exemplaire, dans une chambre d'étudiant de l'université du Wisconsin dans les années 1860, comme un artefact *steampunk*, un objet rétrofuturiste oublié là par un romancier de science-fiction. Sa contemplation plonge dans des abîmes de réflexion ambivalente : l'idée et sa réalisation sont admirables, mais c'est aussi le signe d'une douce folie, qui peut à chaque instant se révéler morbide. Par là, Muir est homme du XIXe siècle, dans la lignée des doux dingues géniaux, de Francis Galton à Thomas Edison, les superbricoleurs au psychisme fragile qui créèrent, c'est selon, n'importe quoi ou des objets utiles.

Heureusement, la nature le sauva d'un destin de paranoïaque, l'empêcha de devenir comme Moritz Schreber, le démoniaque pédagogue inventeur de machines à éduquer, qui par là rendaient les enfants fous. Cette libération eut lieu un jour de juin, c'est comme une légende, mais je la raconte parce que les légendes disent tout en une seule scène. Assis sur les marches de pierre devant le dortoir, John admire un grand robinier en fleurs. Un condisciple vient le rejoindre, un type un peu pénible, érudit et pédant, qui n'aimait rien tant que faire la leçon, et qui plus tard devint juge. Il cueille une fleur du robinier, il la tend à Muir.

« Muir, à quelle famille appartient cet arbre ?

– Je ne sais pas… je ne connais rien à la botanique.

– À quoi ressemble cette fleur ?

– À une fleur de pois.

– Très bien. Cet arbre fait donc partie de la famille des pois.

– Allons donc… le pois est une plante sans nerf, elle se traîne sur le sol, et le robinier est un grand arbre dur, à épines.

– Oui, mais regarde la fleur. C'est la même. Et goûte la feuille. »

Muir goûte, il reconnaît le goût des feuilles de pois.

« La classification des végétaux n'a rien d'arbitraire, pontifie alors l'utile fâcheux. Le Créateur a donné aux plantes une variété sans limites, mais il leur a donné aussi une unité cachée. Et toute la tâche du botaniste est d'examiner les plantes pour saisir l'harmonie de leurs rapports. Le petit légume et le grand arbre sont liés, et cela se voit dans les fleurs. »

Et il s'en va, laissant Muir dessillé comme saint Paul assis sur les marches, à contempler le grand robinier qui l'ombrageait en agitant doucement ses fleurs.

Cette simple remarque mit d'un coup tout en place : depuis des années il était obsédé par les machines, passion un peu desséchante si elle est poussée trop loin, depuis plus longtemps encore il était passionné de sauvagerie, d'arbres, de plantes et de fleurs, qui étaient pour lui un appel à fuir cette prison de la ferme, et cette prison mentale des règles paternelles. Découvrir que le monde de beauté qui l'attire tant a aussi un ordre caché, que la Création aussi était une machine, dont la classification linnéenne serait le plan, voilà qui l'autorisait à aller se promener.

De ce jour-là, John Muir devint botaniste. Il appliqua son esprit méthodique aux forêts, ce qui sans doute le sauva de la mécanique. Et ce qui me rassure, c'est qu'il dut l'apprendre de quelqu'un, il ne le reconstitua pas tout seul à partir des principes du pendule. Avec la botanique, il accédait au savoir humain, au savoir vivant, qui est un savoir partagé. Il était prêt à partir pour « une extraordinaire expédition botanique et géologique qui durera cinquante ans, car [ses] yeux ne pouvaient plus se refermer sur la splendeur de la végétation [qu'il avait] vue. »

Animé par l'envie de pénétrer toujours plus loin dans la beauté divine, infinie, vivante, il quitta l'université du Wisconsin pour l'université de la Nature Sauvage.

5

VOYAGER ? MARCHER

« J'aurais pu devenir millionnaire, j'ai choisi d'être vagabond. »

Voilà le programme de sa vie pour les cinquante ans à venir, et il s'y tiendra. Il était brillant, parfaitement adapté à son siècle techniciste, mais il voulait autre chose. Et ce n'est pas simple de changer si radicalement de voie, il faut du désir et de la volonté, mais aussi une impulsion, un accident, un petit cahot sur la voie toute tracée pour arriver à en sortir. Un ressort, c'est ce qu'il faut, c'est ce qui eut lieu et déclencha tout. Mais reprenons.

Quand la guerre civile éclate, il est à l'université du Wisconsin, bien loin de là où l'on se bat, et la guerre ne dévore que des volontaires. À l'écart, il invente des machines et apprend la botanique en mettant son nez dans les pétales des fleurs. Il a vingt-cinq ans, les volontaires ne suffisent plus, la première guerre du monde industriel les fauche plus vite qu'ils ne se présentent dans les bureaux de recrutement, on organise une conscription. Toute sa vie, Muir expliquera qu'il est bien rentré chez lui, mais qu'il n'y a pas trouvé son ordre de route, alors il passe au Canada. De toute façon, pour ce presbytérien amoureux de tous les êtres vivants, la guerre est le plus ignoble des blasphèmes. Pendant deux ans, il travaille ici ou là, il herborise autour des Grands Lacs, et rentre après que tout le monde se soit calmé. Que faire de sa vie ? Il convient de s'établir, il rêve d'exploration botanique, mais trouve un emploi dans une usine d'Indianapolis. Même les grands hommes énergiques ne s'autorisent pas tout de suite à suivre leur désir. La voix de Monsieur son Père lui suggère sûrement la bonne voie, il assume provisoirement son métier d'inventeur de machines, dans une ville industrielle et ferroviaire où il y a du travail, mais proche de grandes forêts.

Chez Osgood, Smith & Co, entreprise qui fabrique des roues de chariot, il est contremaître et ingénieur. L'atelier est plein de scies circulaires, de mandrins, de tours excentriques et concentriques, ça tape, ça grince, ça ronfle, une machine à vapeur vrombit en permanence, elle fait tourner des roues qui font tourner des courroies qui précipitent des scies sur des rondins, le vacarme est total, dans une ambiance de fumée, d'huile et de sciure. L'atelier est grand, il y a plusieurs machines simples qui remplissent chacune une petite tâche, les ouvriers les guident, leur apportent le bois et le fer, emportent les moyeux et les rayons, assemblent les roues. C'est une insupportable fourmilière fuligineuse et bruyante, c'est l'industrie du XIXe siècle.

Engagé comme contremaître, John dirige des ouvriers, et comme ingénieur, il s'occupe des machines. Elles lui paraissent simplettes et très bruyantes, elles nécessitent trop de manipulations, alors il invente une grande machine qui fabrique moyeux et rayons et les assemble automatiquement en une roue complète. Comment ça marche ? Je l'ignore. Il n'en reste pas de trace, pas d'images, c'est comme un mythe : Muir est venu, a vu, il a réinventé. Il refuse de déposer un brevet, car les inventions appartiennent à toute l'humanité.

Et le soir quand il rentre dans sa chambre, il rêve. Il étudie des livres de botanique très arides, très sérieux, et des ouvrages de géographie. Il punaise sur son mur une carte de la Caraïbe, et une autre de l'Amazonie dont il rêve. Il y a là-bas si peu de monde et tant de forêts, si peu de routes et tant d'oiseaux, si peu de villes et tant de Sauvagerie. Il rêve. Il voudrait aller dans les États du Sud, et puis traverser les Antilles, aborder en Colombie, descendre l'Amazone. Il feuillette ses livres de botanique, l'esprit enflammé de visions de la flore tropicale. Au matin, il retourne à l'usine.

Cela dure quelques mois, il rêve, il travaille, il rêve, il envisage un grand voyage et met de l'argent de côté, et puis au mois de mars c'est l'accident. Une courroie neuve se détend après quelques heures de fonctionnement, dans le vacarme agité de l'atelier. Muir s'approche, il fait levier avec une lime pointue pour la sortir de son logement, l'outil dérape, ripe, glisse et le frappe à l'œil, lui perce la cornée. L'humeur aqueuse s'épanche, la vue disparaît en quelques minutes. L'autre œil se ferme, tout est obscur, il est aveugle. Pendant quinze jours, il restera dans sa chambre, dans le noir, aux bons soins de Catherine Merrill, une ancienne infirmière de la guerre civile, une femme dont il loue l'intelligence et la douceur, une femme pour une fois tout près de lui, tout le temps avec lui, et il ne peut même pas la voir. Ses yeux clos, ils parlent, elle deviendra par la suite une des premières professeures d'université du pays, ils sympathisent, ils resteront amis toute leur vie. Cloîtré dans son seul esprit, il regrette de n'être pas parti pour ce long voyage, il y aurait fait provision de beauté et aurait pu ensuite se retirer dans un coin obscur et en profiter le reste de sa vie. Là il est dans un coin obscur, mais il y fait seulement noir. Les machines, ses chères machines, l'ont trahi.

Tant mieux.

D'elles-mêmes, comme animées d'un inconscient féroce, elles l'ont chassé du monde de l'usine.

En juin, il put ouvrir les yeux. Il put lire, herboriser de nouveau, c'était moins grave que prévu, et il décida de ne plus attendre, car l'avenir peut disparaître en un instant et n'avoir jamais lieu.

« Je me suis mis en route, libre et joyeux, le 1er septembre 1867. Mon projet était simplement d'aller droit devant moi, approximativement au sud, par le chemin le plus sauvage. »

Il acquiert un carnet sur lequel il note son adresse : *John Muir – Earth Planet – Universe*, dans lequel il notera ce qu'il verra, vivra, entendra. Il le gardera toute sa vie comme tous ses carnets, et après sa mort il fut transcrit et publié. Cela donne un petit livre au titre prometteur : *Quinze cents kilomètres à pied à travers l'Amérique profonde*. Je l'ai lu sur la seule foi de son titre, j'y voyais la distance extraordinaire, le mode de locomotion héroïque, la promesse du pays profond, mais je n'avais guère d'illusions sur son contenu : j'imaginais un récit bien convenable et un peu bourratif comme le XIXe siècle savait si bien les faire, mais en dix pages j'ai été conquis. C'était vif, drôle et poétique, c'était le voyage d'un baladin qui va sur les routes et cueille les bonheurs du jour, les paysages et les anecdotes, et qui les restitue au plus simple, au plus vivant, c'est la chanson de Trenet, mais en vrai : « Je chante, je chante soir et matin, je chante sur mon chemin. Je couche la nuit sur l'herbe des bois, les mouches ne me piquent pas, je suis heureux, j'ai tout et j'ai rien… »

J'avais préparé quelques Post-it pour repérer des passages intéressants, et en quelques pages mon livre fut hérissé de languettes fluo, cela ne servait à rien. Il aurait fallu tout noter, tout citer, et finalement tout recopier tel quel, faire mon Pierre Ménard, ce personnage de Borges qui recopie *Don Quichotte* mot pour mot, mais quatre siècles après, et c'est un chef-d'œuvre, car Cervantès est devenu depuis un grand écrivain. Tout réécrire : l'entreprise, pour pieuse qu'elle soit, était absurde. Mais comment écrire sur Muir, alors que lui le fait très bien ? C'est le moment de se poser la question. Et puis d'ailleurs, puisqu'on en est aux questions, pourquoi écrire sur lui ?

Je parle de l'émerveillement de Muir, mais je dois parler de mon émerveillement devant Muir. J'aime les récits de voyage où l'on va lentement : on marche, on parcourt ce qui n'était qu'un trait sur la carte, on fait de brèves rencontres qui deviennent d'infimes anecdotes, puis brusquement on s'arrête, sidéré, devant une épiphanie de beauté : le paysage. J'ai beaucoup lu de récits de voyage, ils vont au fil du chemin dans la tradition de la quête chevaleresque de Chrétien de Troyes : on parcourt le sentier qui serpente dans la forêt, et on fait des rencontres qui sont autant d'épreuves qui donneront l'occasion de grandir. Et puis je l'ai vécu aussi, mais à vélo. Un solide vélo de randonnée, deux sacoches, de gros pneus crantés pour les chemins les plus rocailleux et les plus boueux, des braquets suffisants pour les pires raidillons, Alpes, Jura, Massif central, je parcourais les montagnes, je traversais la France des sentiers et des routes de bitume fissuré, j'avais un poncho et un sac de couchage pour les imprévus, et un carnet dans lequel je notais les rencontres, les anecdotes, les moments de folle beauté qui pouvaient se révéler devant un arbre ancien, un lac rond dans une tourbière, le déploiement après un dernier virage d'une haute vallée emplie de brume. J'ai dormi dans des prés, sous des ponts en béton, sur la pelouse moelleuse d'une aire d'autoroute en construction, dans des granges pleines de foin et de chats, dans ma petite tente montée sur le terrain de foot du stade municipal. Je partais une semaine, deux semaines, je buvais l'eau des cimetières où il y a toujours un robinet pour arroser les fleurs des morts, je prenais parfois une chambre dans des hôtels près de fermer dans des bourgs à l'abandon, mes aventures ne me menaient pas très loin, elles étaient infiniment sûres et confortables comparées aux vagabondages de John Muir.

J'en faisais moins, mais je m'échappais pour les mêmes raisons, pour ces moments de brusque exaltation où l'on fait partie du paysage. Dans ces moments-là, ponctuels mais pas si rares, tout est bonheur. Alors je comprends les récits de Muir, ils ont la même structure que tous les récits des voyages lents, ceux où le chemin se fait pas à pas, ils ont la même structure que ce que j'ai fait, je comprends ce qu'il raconte et comment il le raconte. L'homme n'est jamais très différent de l'homme, malgré ses exploits Muir n'est pas hors de l'humanité : ce qu'il fait peut résonner dans l'âme de tout homme, et plus encore chez ceux qui se sont approchés de la nature, quel qu'en soit le moyen.

En réalité, pas tout à fait quel qu'en soit le moyen. Je me souviens d'une soirée arrosée où les convives se connaissaient peu, une soirée pleine d'affirmations viriles où un homme raconta qu'il venait de faire une belle randonnée dans les Alpes. Une dizaine de potes, une caravane de cinq gros 4×4, climatisation et sièges en cuir – il en vendait –, et ils avaient gravi cols et sommets par des pistes de randonnée, plusieurs par jour. « Et nous avons vu en une semaine plus qu'un montagnard en quinze ans », proclama-t-il, ravi du progrès, ravi des gros moteurs, ravi de vendre de belles voitures à des copains riches qui savaient s'amuser. Il m'avait dit cela en me regardant droit dans les yeux, estimant m'avoir définitivement impressionné. Il n'y avait rien à répondre, alors je n'avais rien répondu, je ne savais de toute façon pas quoi dire à quelqu'un qui ne faisait pas la différence entre un voyage effectué pas après pas et un autre où on se téléporte avec des appareils à moteur. L'un permet une longue présence jusqu'à une violente révélation, l'autre permet seulement de prendre des photos que l'on ne regardera jamais.

Je lis Muir comme on suivrait un frère aîné, j'imagine l'avoir accompagné parce que je sais ce qu'il fait quand il cherche un endroit où dormir dans les buissons, ou qu'il demande à des gens devant leur maison un peu d'eau, ou un coin abrité. Ses livres merveilleux parlent à mon petit Muir intérieur, qui n'a pas voyagé loin, mais qui connaît le principe du voyage. Ce que j'ai fait petitement, Muir l'a fait grandement, mais ma petitesse comprend sa grandeur.

Pourquoi parlé-je ainsi de moi alors que je ne suis pas le sujet ? Pourquoi me placé-je ainsi avec insistance sur la photo ? Parce que l'important c'est qu'on le lise encore cent cinquante ans après, le sujet c'est ce Muir toujours contemporain, comme maître à penser et maître de vie. Se demander pourquoi Muir l'émerveillé émerveille encore, c'est le cœur battant de ce livre, c'est se demander pourquoi cet homme-là parle encore à ceux qui le découvrent. Alors je fais la biographie de mon petit Muir intérieur, je l'accompagne.

Partons, il est temps.

« Je me mis en route le premier jour de septembre de 1867, joyeux et libre pour une marche de mille miles vers le golfe du Mexique. Il s'agissait tout simplement de pousser vers le sud, par la voie la plus sauvage, la plus feuillue, la moins piétinée que je pourrais trouver, me permettant la plus grande extension de forêts vierges. »

J'ai déjà écrit ça, il me semble… ah oui, quelques pages plus haut… mais c'était différent…

La première version vient de l'édition de son journal de voyage par William Frederic Badè, géologue, montagnard, naturaliste, théologien, Frère morave et professeur d'hébreu de surcroît, membre du Sierra Club, qui publia les papiers de Muir avec l'accord de Wendy et Helen, ses filles. L'autre version, je la tire des carnets autographes pieusement conservés par l'université du Pacifique à Santa Clara, scannés et mis en ligne avec cet honorable souci qu'ont les universités américaines de diffuser largement le savoir.

Pourquoi Badè toilette-t-il ainsi le texte original ? Il s'en explique : « À la lecture du journal, on aura sans doute le sentiment qu'il y manque le poli littéraire que par la suite Muir prenait soin de donner à ses ouvrages. » Il ne fait pas de reproches, mais il donne des excuses : on sent bien qu'il émet quelques réserves. Il continue : « Si ce récit, tel qu'il est, manque de fini et d'enjolivures, il a en revanche l'immédiateté et la fraîcheur des premières impressions. »

Alors il arrange un peu, il coupe et il redresse pour donner plus de tenue aux mots du vagabond, et la traduction en notre langue raffinée achève de polir et vernir ce qui était de bois brut, avec des échardes et des marques d'outils. Malgré la difficulté de la lire en continu, j'aime beaucoup la version brute des carnets de Muir. *The wildest, leafiest, least trodden way I could find* m'enchante, surtout *the leafiest* : la voie la plus feuillue, notation loufoque, et très parlante.

La plaie du XIXe siècle littéraire, c'est justement le *poli littéraire*, cette politesse du bien-écrire qui corsète l'expression en la rendant tout à la fois banale et littéraire, c'est-à-dire académique. Muir échappe à cette plaie, Muir s'échappe, toujours, il s'échappe de l'Écosse presbytérienne, de l'école où l'on inculque à la trique, de la colonie pénitentiaire qu'était la ferme familiale, de l'usine pleine de machines, il s'échappe toujours, il saute la barrière et il court vers la lande, la forêt, les glaces, vers ce qui reste de Sauvagerie. Il écrit comme il parle, le carnet sur les genoux, les fesses dans l'herbe, dos à un arbre, il bavarde comme ça vient. Il trace à la règle un cadre sur une page de son carnet, et au crayon il dessine la forêt qui l'entoure. Le cadre est bientôt totalement rempli d'un foisonnement de troncs, de branches, d'épiphytes accrochés à l'écorce, de grandes herbes de plusieurs sortes que l'on peut reconnaître. Et puis il se dessine lui-même, barbe et chapeau, à genoux devant sa carte dépliée dans l'herbe, les deux bras tendus comme des baguettes, les mains ouvertes vers le trajet. Il sourit.

Il faut reconnaître que Muir est un dessinateur enthousiaste, mais maladroit. Les plantes sont reproduites avec précision, mais l'homme paraît dessiné par un gamin de douze ans. La forêt, il la voit autour de lui, mais lui ne se voit pas, il s'imagine, et c'est un dessin d'enfant. Heureusement, un dessin n'a pas besoin d'être académiquement correct pour émouvoir, pas plus qu'une écriture. Muir a cette capacité rare de toucher immédiatement, de rendre vivant le moindre mot qu'il écrit. C'est l'effet d'une grande sensibilité sans doute, mais surtout d'une grande liberté intérieure qui ne met pas d'obstacle à cette sensibilité, ni à son ressenti ni à son expression.

Souriant, à genoux, il embrasse la route à venir, puis il replie la carte et il part.

Nous sommes deux ans après la fin de la guerre civile, et Muir entreprend de traverser les États confédérés jusqu'à la mer. C'est un autre monde, un pays étranger, des régions dévastées par les colonnes infernales du général Sherman, mais lui veut voir la flore tropicale et la mer. En traversant le Kentucky, les chênes l'accueillent et l'impressionnent, ils sont énormes, touffus, d'un vert éclatant, abritant sous leurs branches de grandes poches d'ombre. Chaque arbre est puissant, exubérant, comme si chacun portait une double ration de vie. C'est ce qu'il cherchait. Au soir il loge dans une auberge délabrée, mais dès que le jour se lève il fuit la poussière et la crasse pour la forêt resplendissante. Il est en sueur, heureux, il émerge vers midi d'un champ de tournesols géants, et il se retrouve bloqué par un torrent roulant des paquets d'écume. Une négresse – je reprends le terme utilisé par Muir, c'est celui d'une époque – sur la rive opposée lui dit d'attendre, car personne ne peut franchir cette rivière à pied, elle a prévenu les hommes, ils doivent amener un cheval.

« Ne vous inquiétez pas, je nage très bien et je sécherai très vite.

– Personne ne l'a jamais traversée à pied », insiste-t-elle avec la fermeté d'un présage.

Arrive un cheval à longues jambes d'échassier, un cheval de gué monté par un petit nègre joufflu accroché au pelage blanc. Muir monte en croupe, le cheval traverse le courant en enjambant les tourbillons, trébuchant parfois sur les pierres du fond, mais Muir se dit que s'il tombe il nagera, et le petit négrillon flottera comme une poupée en caoutchouc. C'est à la fois le roman de Lancelot, avec le champ de fleurs géantes et le torrent infranchissable, sauf par une négresse sorcière et un nain mystérieux sur un cheval transbordeur, et le roman du Deep South avec ses couleurs éclatantes, sa nature hostile, et ses nègres mystérieux qui parlent par énigmes. Muir plonge dans l'aventure, il va sans se retourner, et les arbres lui sont d'aussi bons compagnons que les hommes.

Il n'a ni sac de couchage, ni tente, ni matelas, il dort dans les buissons. Il enlève son chapeau, il se couche dans la mousse, appuie sa tête sur son bras replié, il s'endort ; rien de plus simple. Il est réveillé au matin par les cris d'alarme des oiseaux dont il a envahi le territoire, ils volettent autour de lui jusqu'à ce qu'il se lève. Il remet son chapeau, il mange un peu de pain tiré de sa musette, et se remet en route. Il préfère ça, les murs l'oppressent. Quand il dort à l'abri, si au réveil il ne voit ni fleurs, ni oiseaux, ni arbre amical, seulement la saleté et la poussière, il prend la fuite dans les bois.

Sortant de la forêt, il découvre quelques maisons alignées au cordeau, annoncées par un énorme panneau : Munfordville, Robert Munford fondateur. Et il est là, au milieu de la rue, un homme vigoureux et ventru portant moustache, le regardant approcher les poings sur les hanches. Il semble n'y avoir personne d'autre, les maisons sont neuves, propres, sans signe de vie.

« Robert Munford, arpenteur ! Il lui tend la main, la lui serre vigoureusement.

– John Muir.

– Et que faites-vous dans la vie, Monsieur Muir ?

– Je suis botaniste, et je voyage.

– Magnifique ! Je suis moi-même naturaliste. Venez, j'ai beaucoup de choses à vous montrer. »

Et il embarque Muir, l'emmène chez lui, lui explique dans une logorrhée tourbillonnante qu'il considère tous les villageois comme ses enfants, et les visiteurs comme ses invités, et on vient souvent ici lui demander son avis. Après l'avoir rafraîchi, nourri, il couvre la table de débris de roches, de plantes séchées, et tandis que Muir acquiesce, boit et mange, il lui explique le prodigieux intérêt scientifique de chacun de ces modestes échantillons rassemblés au cours de ses promenades. « Des scientifiques du monde entier viennent jusqu'ici pour avoir des réponses à des questions qui les obsèdent, et comme vous êtes botaniste, mon cher Muir, je crois posséder toutes les connaissances que vous recherchez. Interrogez-moi sans crainte. » Et il explique minutieusement les propriétés supposées de toutes les feuilles et racines étalées sur la table, pour traiter des maladies dont il n'avait même jamais entendu parler. Muir, au bord de l'asphyxie, le remercie de sa gentillesse et s'enfuit dans les champs.

Il ne supporte pas la contrainte, il aime les gens, mais déteste les médiocres limites de l'usage et des obligations. Il veut la Grande Sauvagerie. Assis sur un coteau, il contemple dans la lumière du matin l'éveil des forêts de chênes, d'ormes et de noyers, où sur l'étendue intacte, verte comme un océan profond, apparaissent les premières taches de couleurs de l'automne. Toute la nature est pensive et calme, lui aussi. « Que nous savons donc peu de la vie des plantes, de leurs espoirs et leurs peurs, de leurs peines, de leur joie ! Je passerai ma vie à voyager parmi tant de beauté. »

Le pays qu'il traverse souffre d'avoir été vaincu, envahi, ruiné. L'élégance et le raffinement du Sud n'existent plus, tout a disparu avec la guerre, autant en emporte le vent. Il marche le long de forêts détruites, de champs abandonnés aux clôtures brisées, de maisons incendiées. Des bandes d'hommes en armes errent encore, regrettant le retour de la paix. Il croise dix hommes en selle, pistolet à la hanche, alignés en travers de la route. Il avance à grandes enjambées, tous les dix le regardent approcher, il est tout près, il leur lance « Salut ! » et passe entre eux, il continue sans ralentir ni se retourner. Deux cents mètres plus loin il risque un regard, ils ont fait demi-tour, ils le regardent encore et semblent discuter de l'opportunité de le détrousser. Avec sa besace et les plantes qui en débordent, ils le prennent pour un herboriste errant, un guérisseur sans le sou. Ils se perdent de vue. En ces temps troublés, on pouvait vivre et mourir sur un hasard ; Muir a la chance des inconscients, des naïfs magnifiques, il passe à travers tout.

Dans les forêts du Tennessee, des hommes farouches et mal rasés, coiffés d'un bonnet de raton laveur, sortent des bois le dimanche avec un sac de grains sur le dos et vont au moulin qui tourne à côté de la rivière. Ils mettent leur grain dans la meule, ils fument, ils attendent, et quand tout est moulu ils repartent dans les bois avec leur farine. Ils habitent sans doute dans une cabane de rondins isolée, c'est Davy Crockett, c'est la préhistoire de l'Amérique que Muir rencontre dans ces forêts sauvages.

Les gens sont pauvres, les plus démunis vivent dans les bois, vêtus de crasse, leurs enfants nus dormant à même le sol. Ceux qui possèdent un peu plus sont peu accueillants, méfiants, ils demandent à être payés pour du pain de maïs et un morceau de lard rance. Il n'a pas d'argent alors il passe son chemin, il se nourrit de baies et dort dehors. On lui donne parfois un peu de lait.

La ville d'Athens, heureusement, fait honneur à son nom. Elle est aristocratique et belle, avec de grandes demeures de riches planteurs. Il se fait connaître, salue gentiment les gens, ses yeux d'un bleu candide inspirent confiance, ce vagabond aux pieds poussiéreux semble intelligent et cultivé, on l'accueille. Au dîner servi sur une nappe blanche avec de la vaisselle étincelante, il peut discuter de botanique, qui est son sujet favori. Ses hôtes sont aimables, raffinés, mais inébranlables dans leurs opinions sur l'esclavage. Muir a vu des nègres en ville, il les a trouvés joyeux et insouciants, faisant beaucoup de bruit et peu de travail, mais très bien élevés, extrêmement polis, ôtant leur chapeau dès qu'un Blanc est en vue. Ce sont là ses propres mots, les mots naïfs de qui n'a jamais vu de Noirs, et n'en connaît que ce qu'en dit la rumeur, mais il les regarde avec bienveillance, bavardant avec l'un et l'autre au fil des rencontres, s'étonnant avec candeur de leur intelligence tout à fait normale. Même bienveillant, on n'échappe pas à son temps.

Il reconnaît de moins en moins les plantes qu'il voit, c'est à la fois exaltant, la promesse d'une nouvelle abondance, et légèrement inquiétant. Naviguant sur la Chattahoochee, il se régale des raisins qui tombent des pampres suspendus au-dessus de la rivière, les vents sont emplis de sons étranges, la nuit descend, il est habité d'un sentiment de solitude indescriptible. Il se baigne dans un cours d'eau obscur et silencieux, guettant nerveusement les alligators.

Il arrive à Savannah où devrait l'attendre l'argent envoyé par son frère. Le mandat n'est pas arrivé, il n'a presque plus rien. Il erre dans les dunes, du côté de la mer, mais les nègres désœuvrés qui rôdent de toutes parts l'inquiètent. Il pense au cimetière, qui le protégera des malintentionnés et des superstitieux. On s'y rend par une route blanche et lisse faite de coquillages, on y entre par une grande allée de chênes verts, les plus beaux arbres de parc qu'il ait jamais vus. Leurs branches chargées d'épiphytes et de mousse espagnole sont elles-mêmes des jardins suspendus. Il y a partout des arbres, des buissons, des oiseaux, et à leur ombre des pierres tombales émergent du sol sableux, un peu basculées et usées de pluie. La nuit s'épaissit dans l'inquiétant et sublime séjour des morts, il s'endort la tête sur un petit monticule qu'il trouve à tâtons. Au réveil il réalise que c'est une tombe, mais il a très bien dormi, même si c'est d'un sommeil moins profond que celui dont il a partagé la couche.

La mort ne l'a jamais gêné, et il trouve qu'il n'y a pas de sujet sur lequel nos idées soient plus pitoyables et biscornues. On en fait trop avec la mort, alors qu'il suffit de regarder la Nature, partout, et on verra son union fraternelle avec la vie. Pleurs, pompes funèbres, triste mine : ça finit par être terrifiant. Avec tout ce bazar, il devient inconcevable de dire : je n'ai pas peur de mourir. Il n'y a rien de naturel dans la peur de la mort, elle est aussi belle que la vie, car tout n'est que divine harmonie.

Le cimetière Bonaventure est une des splendeurs de Savannah, les grilles de fer et les plaques de marbre sont corrodées de mousse, renversées par les racines, englouties par la puissance végétale, il n'en reste plus que de petits *tumuli* couverts de hautes herbes courbes. Il se construit une cabane, quatre poteaux, un toit de jonc, un matelas de mousse espagnole, il attend là plusieurs jours en buvant au ruisseau, écrivant dans son carnet, ne mangeant rien. Bientôt il imagine sortir de la ville, trouver des champs pour voler du maïs. Mais il titube de faiblesse, sa tête tourne et le sol se soulève autour de lui. La faim devient dangereuse.

Il retourne au bureau de poste, le mandat est enfin arrivé, mais il lui faut prouver son identité. Il est étranger à la ville et personne ne peut témoigner pour lui.

« Qu'est-ce qui me prouve que vous êtes bien John Muir ?

– J'ai une lettre de mon frère.

– Vous pouvez l'avoir volée…

– Regardez, il écrit : j'espère que tu vas bien et que tu trouveras beaucoup de nouvelles plantes. Je suis botaniste, Monsieur. Je peux avoir volé la lettre, mais pas le savoir de John Muir. Allez, interrogez-moi à propos des plantes, vous verrez bien si j'en sais quelque chose. »

Éclatant de rire devant la force de l'argument, l'homme lui remet son argent, et en sortant du bureau de poste, Muir se précipite sur une énorme négresse qui porte un plateau de pain d'épices, il lui en achète un et l'engloutit aussitôt.

Il a fait plus de mille kilomètres, tout à pied, et maintenant qu'il possède un peu d'argent, il emprunte son premier véhicule : un vapeur côtier qui va l'emmener jusqu'en Floride. Avide de découvrir enfin la forêt tropicale dont il ne connaît que des images, il passe le voyage accoudé au bastingage. Le petit bateau avance lentement dans un martèlement de machines, la côte défile, îles sableuses, péninsules qui émergent à peine des flots, forêts inondées et inextricables, mangroves et roseaux surmontés de grands arbres drapés de mousse. Impatient de toucher la grande abondance, il profite du premier appontement dans une bourgade délabrée et il file dans les bois. Il est très déçu.

Quand il rêvait de la Floride, et il en rêvait depuis des années, c'était une sylve d'arbres en fleurs qui lui apparaissait, enlacés de lianes constellées d'autres fleurs encore, exhalant des parfums puissants sous un ciel radieux. Il imaginait la forêt tropicale comme les gravures des romans de Jules Verne dans l'édition Hetzel qui paraissaient à la même époque, que j'ai lus enfant, il les rêvait comme ça, mais en couleurs et en parfums, car tout le monde les rêvait ainsi d'après les illustrations que l'on en donnait alors ; et moi aussi.

Mais quand il y fut, ce n'étaient que des marais salants embarrassés de joncs, quelques bouquets d'arbres sans fleurs sous un ciel blanchi de chaleur. Les tropiques peuvent décevoir après qu'on les ait longuement rêvés depuis le Nord : quand on y est, ils ne sont pas comme ça. Plus sombres, plus brutaux qu'on s'y attendait, pas très accueillants. Ils exhalent des effluves de bois mort et d'eau croupie, ils sentent davantage le champignon que les fleurs. La première jungle que je vis me fit cet effet-là, une jungle côtière du Mexique, les arbres atrophiés et plaqués au sol pour survivre aux ouragans, hésitant entre la terre et l'eau, montrant autant de vies que de morts emmêlées, dans une odeur d'épluchures suries et de sève débordante. Et cela sans oiseaux, sans vie visible, immobile dans une chaleur de sauna.

Après s'être enfoncé là-dedans, car comment appeler autrement que *là-dedans* ce qui ressemble si peu à une forêt, Muir trouva enfin un petit monticule sec et grignota son pain. Il était sous les tropiques, enfin, mais rien n'émettait le moindre signe de reconnaissance amicale, aucun souffle ni aucun murmure de sympathie. Il connut un de ces moments de dégrisement accablé, quand s'accomplissent de grands désirs portés trop longtemps, et la forêt marécageuse est le décor parfait pour ces grands découragements.

Mais John Muir n'est pas homme à se laisser submerger par quoi que ce soit. Après un temps, il se lève, ramasse sa musette et repart. La forêt barricadée de lianes est difficilement pénétrable, il traverse avec de l'eau à mi-corps des arroyos couleur café, il s'empêtre dans des plantes grimpantes et souples munies de griffes, mais trouve heureusement une trouée, un couloir tranché net dans la végétation par le chantier du chemin de fer. Il marche sur le sable le long des voies en construction, il scrute la forêt fermée, de plus en plus haute à mesure qu'il s'éloigne de la côte, de plus en plus ressemblante à ce qu'il en avait rêvé, et il ne trouve plus de mots pour décrire cette majesté végétale surabondante. La forêt est immense, inaccessible, radieuse.

Et enfin, cette journée qui avait si mal débuté s'illumine de la découverte du palmier nain. Huit mètres de haut tout de même, et de longues palmes de trois mètres chacune, mais il est nain dans sa famille qui culmine facilement à vingt ou trente mètres. Peut-on tomber amoureux d'une plante ? Certainement, car il y a dans l'élégance d'un port quelque chose qui touche au plus profond. Et le palmier n'est que ça, une élégance. De son tronc d'un seul jet jaillit un bouquet de feuilles souples et vernissées, on le croirait tracé d'un trait de plume. Pensif au soleil, il surpasse tout ce que Muir avait vu jusque-là, tous ces feuillus du Nord, compliqués, tortueux, trop ramifiés. Il se sent proche d'un tel arbre, il caresse le rude pelage qui couvre le tronc, et il a l'impression que par son balancement ce beau géant qui le surplombe lui murmure des choses plus importantes qu'il n'en a jamais entendues d'aucun être humain. Et avec cet animisme chrétien qui lui est si caractéristique, Muir remercie le Seigneur de lui avoir accordé d'entrer en ses jardins.

Il s'assoit, sort son carnet et le dessine, il se dessine lui-même au pied de l'arbre, maladroitement comme toujours, tenant à la main une palme aussi grande que lui, sa surface vernie reflétant le soleil comme un miroir. Il le nomme et note quelques louanges, et puis c'est tout. John Muir est botaniste, c'est-à-dire reconnaisseur de plantes, nommeur de plantes, et comme il est un peu poète, il leur écrit quelques lignes enthousiastes, mais c'est là toute son activité de botaniste. Il pratique les sciences comme on les pratiquait à l'époque, dans une pratique interminable de l'érudition. L'inventaire du monde n'est pas encore totalement achevé, on ramasse, on pêche, on empaille, et cela semble suffire pour se dire naturaliste. Les Pasteur, Darwin, Haeckel sont en train de penser en ces années-là, ils construisent des concepts qui feront de la biologie une science, mais nous n'y sommes pas encore, Muir, assis devant son palmier nain, ne fait qu'herboriser. C'est passionnant, mais scientifiquement modeste.

Et il continue par la piste consolidée d'un épais ballast, car ici tout est mouvant, friable et mou, infiltré d'eau et malaxé par la puissance végétale. Les premiers hommes qu'il rencontre dans cette serre à ciel ouvert sont effrayants, très sales, rudes et grossiers, ce sont des chasseurs d'alligators portant des armes antiques, tirés par d'affreux chiens noirs haletants, qu'ils retiennent avec peine par de grosses laisses de cuir. Les dogues veulent se précipiter, mais ils les arrêtent en les rouant de coups, ils se couchent en grondant et continuent de regarder Muir d'un œil rougeâtre, évaluant la quantité de viande portée par cet homme un peu trop maigre. « Bonjour, messieurs… » On ne lui répond que par des monosyllabes, ce sont les plus sauvages de tous les sauvages blancs qu'il ait jamais rencontrés. Ils l'invitent à les accompagner. « Pas d'vant les chiens, m'sieur, y vont vous bouffer ! » Il les suit à bonne distance. Et voilà que les chiens s'excitent, les entraînent vers un arroyo, où sur la rive ils en repèrent un qui somnole, immobile comme un tronc mort. Son premier alligator. À leur approche ses yeux s'ouvrent, et c'est très étrange cet œil humide et sombre qui vous fixe à travers une écorce rugueuse qui semble morte. Les hommes préparent leurs armes qu'il faut charger d'une grosse balle, mais d'un violent coup de queue l'alligator disparaît dans l'eau sombre, les chiens restent sur le bord en geignant, n'osant pas le poursuivre.

« Foutue bestiole ! » Muir reste sagement à l'écart, ne dit rien. Il l'avait trouvé laid, ce monstre, et sans doute cruel, mais il l'avait senti heureux à somnoler ainsi au soleil, sous l'œil bienveillant de Celui qui l'a créé, et l'a sûrement fait de son mieux pour un but qui nous échappe.

« Comme nous sommes étriqués dans nos sympathies ! marmonne-t-il pour lui-même. Massacrer des créatures de Dieu, c'est quand même la plus foutue besogne qui soit… »

« Ho, Scottie ! Ramène-toi, on va en flinguer d'autres !

– On va les tirer comme des lapins…

– Et on t'fera goûter l'cuissot… »

Ils remontent à pas lents de la rive boueuse, ils reviennent vers lui et, sans demander son reste, Muir file, suivi de leurs ricanements et des aboiements des monstres qui ont déjà flairé une autre trace. Il ne se voit pas du tout chasseur. « Dans une guerre entre les animaux et Monseigneur l'Homme, j'aurais tendance à prendre le parti des lapins, des chevreuils et des loups, même des alligators, mais sûrement pas des chiens, enfin pas ceux-là », souffle-t-il hors d'haleine, enfin seul avec les grands arbres, la terre humide et les moustiques autour de lui.

« Monsieur l'alligator, je vous souhaite d'échapper à ces monstres… Profitez bien de vos tendres lits de boue, et de l'eau bourbeuse comme abri, où flottent de beaux nénuphars odorants… et offrez-vous de temps en temps une petite bouchée d'homme, comme friandise ; car d'hommes il n'en manque pas… »

Il s'approche de la côte et commence à croiser de petites fermes entourées de parcelles de coton et de canne à sucre, soigneusement clôturées comme on met les oiseaux en cage, sage précaution, que les plantes n'aillent pas s'échapper pour rejoindre l'immense liberté végétale qui les englobe. Il les comprend. Et soudain en pleine forêt il sent la mer, une brise salée qui chasse d'un coup les lourdes odeurs d'humus, et la surprise le fait revenir brusquement à Dunbar. Dans les arbres tropicaux ployant sous les lianes, il revoit les rochers mouillés, les vents furieux, les vagues, ce qu'il avait cru oublié revient soudain entre des palmiers et des magnolias, les bois de Floride s'effacent et apparaît toute l'Écosse, ses algues et ses goélands, l'estuaire de la Forth, et ses longues balades d'enfant à la recherche de nids d'oiseaux.

Les impressions sont impérissables, nous n'oublions rien. Les souvenirs peuvent rester en sommeil, on peut croire les avoir perdus, mais une simple sensation les réveille et ils sont là, intacts. Muir continue d'avancer, la forêt se fait plus claire, il en franchit le dernier rideau, et c'est là. Pendant dix-neuf ans, depuis son arrivée au Wisconsin, sa vue avait été limitée par des forêts, et voilà qu'émergeant d'une muraille de palmes et de feuilles vernissées, derrière une profusion de fleurs, apparaît enfin le golfe du Mexique, étendu au soleil, éblouissant, sans autre limite que le ciel.

Il s'installe au port de Cedar Key et cherche à s'embarquer pour Cuba. Il entre dans une scierie, demande du travail.

« Tu sais faire quoi ?

– Tout. »

On le regarde avec un peu d'ironie. « La scie est coincée depuis trois jours… » Il va voir, regarde, tâtonne. « Vous avez des outils ? » Sans trop de peine, il dégauchit une poulie de bois, il redémarre la machine, il sait tout faire. On l'héberge.

Sur la plage, les palmiers nains règnent en maîtres, parfaitement immobiles dans la lumière intense du calme de midi, leur long fût couronné d'une sphère de feuilles éclatantes. Enchanté, ensorcelé, il déambule parmi eux en effleurant leurs troncs, la lumière tombe à profusion à travers les palmes découpées. Quel paysage ! Il ressent alors une grosse fatigue, une violente douleur à la tête, il fait demi-tour. La fièvre vient. Il s'effondre sans connaissance sur l'étroit sentier au milieu des palmiers. Quand il se réveille, la nuit est tombée. Titubant, hébété, il rentre à tâtons, il retrouve par miracle le chemin de la scierie et s'évanouit sur un tas de sciure où ses hôtes le découvrent au matin. Le voyage s'arrête là, tremblant de fièvre et la barbe pleine de copeaux.

Il aurait voulu franchir la mer des Caraïbes, remonter l'Orénoque, descendre l'Amazone, il pensait emprunter le tracé des grands fleuves qu'il avait vu en bleu sur les cartes aussi facilement que des correspondances de chemin de fer, mais son corps maltraité se rappelle à lui. Mille cinq cents kilomètres à pied, alimenté d'un peu de pain, marchant depuis des semaines au milieu des moustiques, c'est un peu trop, même pour lui : la crise paludéenne le terrasse. Le monde n'est pas fait spécialement pour l'Homme, il croit en occuper le centre, mais il n'est qu'une petite part du Grand Tout, il peut disparaître sans que la planète n'en subisse une bien grande commotion. Muir reste trois mois à Cedar Key, on le soigne avec beaucoup de gentillesse jusqu'à ce qu'il puisse se lever.

Convalescent, il fait des promenades sur la plage, il va observer les oiseaux, les milliers d'échassiers multicolores qui viennent se nourrir sur les hauts-fonds sableux dans un énorme vacarme. Et d'être là, devant la colossale agitation vivante, devant l'immensité brillante du golfe du Mexique, il voit les pages rêveuses de son carnet prendre vie, l'engloutir et devenir vraies. Les rêveries du soir dans sa chambre d'Indianapolis ont pris corps, et plus jamais il ne retournera dans une usine, plus jamais il ne fera autre chose que de marcher pour aller voir, et raconter ce qu'il a vu.

6

L'INVENTION DE YOSEMITE

Après son effondrement paludéen en bord de mer, il trouve finalement heureux de ne s'être pas embarqué pour l'Amérique du Sud. Fièvre, insalubrité de l'Amazone, bourse réduite à moins de cent dollars, les conditions ne sont pas bonnes. Sa part enthousiaste veut bien concéder à sa part raisonnable que l'Amérique du Sud est au-dessus de ses moyens.

Il se rend tout de même à Cuba encore espagnole, dernière colonie américaine d'un empire sur lequel le soleil ne se couchait jamais. Mais La Havane est une ville, il ne la supporte pas plus de quelques jours, il fuit la foule, la musique stridente dans les rues, les carillons furieux des églises, il cherche des plantes, trouve quelques palmiers. Les mousses, les racines et les épiphytes rongent et déplacent les pierres de la vieille cité coloniale, la coalition végétale se bat sans relâche : sous les tropiques fertiles, il est facile de construire des villes admirables, mais malaisé de les maintenir en état. Il n'a pas grand-chose à faire ici.

Il entre dans un parc, s'assoit sur un banc, et se demande où aller. Il ramasse machinalement un journal abandonné, les gros titres en anglais l'attirent, il le feuillette puis le lit tout entier, à l'étranger la langue maternelle finit toujours par manquer. Il remarque une réclame pour des voyages bon marché vers la Californie. Allez ! Il suffit de rejoindre New York et puis de prendre un bateau pour la Californie. De Cuba, pas de problème ; il embarque sur un navire chargé d'oranges. Les distances ne sont rien pour cet homme-là.

Il traverse les Bahamas dans un parfum d'agrumes, l'eau est si claire qu'il voit le fond défiler aussi bien que les pierres du chemin s'il avait été à cheval. Ils sont survolés de poissons volants, ils les attrapent comme des grenouilles pour les faire frire, et Muir rêve d'explorer cet océan grouillant de vie. À l'époque, on ne sait pas grand-chose de ses profondeurs, il les imagine en miroir, un monde inversé de l'autre côté de la surface où l'on pourrait marcher comme le professeur Aronnax et Ned Land derrière le Capitaine Nemo, fusil électrique à la main, casque étanche sur la tête et semelles plombées pour ne pas flotter, explorant à pied les forêts d'algues géantes où se cachent les troupeaux de poissons. *Vingt mille lieues sous les mers* paraîtra l'année suivante, Muir ne l'a sûrement jamais lu, mais c'est dans l'air du temps, Muir y est plongé, et lire Jules Verne me donne une idée de comment on imaginait le monde, comment on imaginait le voyage en ces temps si différents.

Ils remontent vers le nord, atteignent l'hiver, ils naviguent entre les glaces qui dérivent sur les eaux grises de l'Atlantique, les marins ont remis leurs pulls de laine huilée et leur bonnet rond, mais Muir n'a rien, qu'importe, il s'accommode du froid, il s'en réjouit même, il estime que c'est très sain puisque ça le nettoie des fièvres attrapées aux Caraïbes. À New York, métropole des bateaux, il fait horriblement froid, il est perdu. Le vacarme l'effraie, la foule est trop dense, les bâtiments sans mesure sont trop serrés, il les confond entre eux et n'arrive pas à en compter les fenêtres. Il aurait bien exploré cette ville comme on explore une chaîne de montagnes, mais à condition qu'elle ait été vidée de tous ses habitants. Il n'ose pas pousser jusqu'à Central Park, de peur de ne pas savoir revenir. Cet homme qui affronte tout nu le monde sauvage a aussi ses inquiétudes, il recule comme un chat devant l'agitation urbaine. Il reste près des bateaux, puis embarque pour la Californie.

Il traverse l'isthme de Panama par le chemin de fer qui a précédé le canal, qui a transporté des centaines de milliers de prospecteurs vers la Californie, et il pleure de joie devant la tapageuse exubérance des arbres de la grande forêt, brillants de fleurs, plus encore qu'en Floride ou à Cuba, exactement comme il les rêvait, mais pas le temps de s'arrêter, il ne fait que passer. Le 1er avril 1868, il arrive à San Francisco, ou peut-être le 27 mars, ou bien le 18 mars, les sources se contredisent, elles ne sont pas très fiables, ce sont des lettres, des propos de conteur, des réécritures quarante ans après ou cent ans après, mais il suffit que ce soit au printemps, cela a son importance comme on le verra. Là, encore la foule, la circulation, le vacarme, car depuis vingt ans, depuis l'or, San Francisco est la capitale bouillonnante de la côte Pacifique, une ville insupportable. Dans la rue, il arrête un homme qui porte sur l'épaule des outils de charpentier, un homme qui travaille de ses mains est un homme de confiance, il lui demande la voie la plus rapide pour sortir de la ville. « Mais pour aller où ? – N'importe où de sauvage. » Il lui indique le ferry pour Oakland, de l'autre côté de la baie, c'est déjà ça.

Il y va avec Chilwell qu'il a rencontré pendant le voyage en bateau jusqu'à San Francisco, un jeune Anglais fils de famille, assez empoté, mais qu'il trouve amusant et fidèle, mots étranges que l'on emploie plutôt pour un compagnon à quatre pattes que pour un homme ; ensemble ils décident d'aller dans la vallée de Yosemite. Elle a été découverte depuis quelques années, on en dit du bien, il y a une route, un hôtel, déjà des touristes, mais Muir comme toujours propose d'aller un peu au hasard, de profiter des fleurs et de la lumière, de s'enrouler dans une couverture quand viendra la nuit, de ne pas s'embarrasser de routes ou d'horaires. Chilwell, en effet amusant et fidèle, accepte. Le naïf.

Le printemps explose, le ciel est sans nuages, la vallée centrale de Californie est un lac de lumière. L'air est si exaltant qu'à chaque inspiration s'ouvrent dans leur corps devenu immense des milliers de langues, de palais, de poumons. Les deux jeunes gens, à trente ans, ne s'étaient jamais découvert autant de sensibilité et de plaisirs, ils n'avaient jamais envisagé que leur chair soit dotée d'une si vaste capacité de bonheur. Ils n'avaient jamais encore eu le sentiment d'être nés. Les prêches presbytériens haïssent la chair, mais Muir décide de ne plus jamais essayer de s'en libérer : elle sait s'imprégner de plaisirs immortels, elle participe merveilleusement à l'esprit.

Du col du Pacheco, ils admirent la Sierra Nevada, ses grandes dents blanches enfoncées dans le ciel, émergeant d'un lac d'or, d'une prairie couverte de fleurs jaunes si serrées que l'on n'aperçoit pas l'herbe entre elles, c'est la partie du monde la plus fleurie qu'ils aient jamais vue. L'atmosphère est si claire qu'ils distinguent le moindre détail de la chaîne de montagnes distante de deux cent cinquante kilomètres. Ils traversent ce jardin de fleurs qui leur remonte jusqu'aux genoux, et vont se ravitailler de farine et de thé à la ville minière de Coulterville. Il me semble que la Californie d'aujourd'hui n'est pas à ce point chargée de fleurs, l'atmosphère pas si claire, quelque chose a dû disparaître de cette miraculeuse beauté, on se demande bien où elle est maintenant, si sa disparition était fatale, et si elle est définitive.

Dans l'épicerie-bar-bazar où l'on trouve de tout, le tenancier et quelques clients, chapeau de feutre, chemises à carreaux, bottes poussiéreuses, les incitent à la méfiance :

« En ce moment il y a encore de la neige, deux ou trois mètres dans les bois, vous allez vous perdre…

– Trois mètres de neige !… ça doit être… ravissant… et je ne me suis jamais perdu dans des bois sauvages à ce point !

– Faites attention aux ours… »

Muir et Chilwell, avec leurs accents dépareillés, leurs yeux curieux et leurs propos d'une naïveté stupéfiante, désarment toutes les tentatives de conseil, on en rira sûrement des jours durant à Coulterville, on les estime déjà perdus. On n'ira pas les chercher, on pariera seulement de savoir si c'est la neige ou un ours qui a eu leur peau. Ils achètent quand même un vieux fusil, de la poudre et des balles, qui vont bien pour les oiseaux, et pour les ours en tirant de très près. À bout portant et dans l'œil.

Dans la montagne encore fraîche de l'hiver à peine achevé, leur régime est maigre : du thé, et du pain sans levain, c'est-à-dire une simple pâte de farine et d'eau, grillée sur la braise. Chilwell, en bon Anglais mangeur de viande, trouve ça léger, il se plaint tous les jours de l'absence de chair. Il tente de tirer quelques oiseaux, mais les manque à chaque fois. C'est un homme maladroit, et avec lui toute manipulation du fusil vire à la catastrophe. Tout ce qu'il vise il le manque, cailles, tétras ou lapins, il tournoie à chaque tir sous l'effet du recul, il se fait de gros bleus à l'épaule. Il propose à Muir de tirer pendant que lui rabat les lapins en lançant des cailloux dans les buissons, mais Muir, hilare, avertit le gibier, se montre à lui et tire en l'air ; le lapin s'arrête, ahuri, et file sans demander son reste, le râble intact. Chilwell veut que Muir lui apprenne à tirer : il va accrocher une cible, se retire bêtement derrière, attend, et prend une volée de petits plombs dans le bras. « Mais tu m'as tiré dessus, Scottie ! Tu m'as tiré dessus ! » À part ça, c'est un gentil garçon.

Ils dorment sous les arbres géants, les troncs bien droits éclairés par leur feu de camp, les cimes disparaissant dans l'obscurité chargée d'étoiles. Ils resteront dans la forêt plusieurs jours, errant d'arbre en arbre, perdant la notion du temps, sans rien faire d'autre que d'admirer leur taille, leur beauté majestueuse et leur dignité, contemplant leurs dômes immobiles qui semblent appartenir au ciel. Il y a ceci chez l'arbre : la dignité de l'être vivant né debout, et qui s'y tient avec hauteur.

L'ours vint, une nuit. Il tourne autour d'eux, flairant, cherchant quelque chose à manger, Muir attrape le fusil chargé de petits plombs, attend qu'il s'approche, qu'il soit vraiment très près, il sent l'odeur de son pelage épais, son haleine chargée, son index frémit sur la détente, il attend, il attend le dernier moment ; et puis la bête grogne, soupire, et disparaît. Inquiets, le fusil chargé à portée de main, ils ne dorment plus, regardent la Lune traverser le ciel, et ils finissent par abattre un hibou qui avait eu la malchance d'ululer au-dessus d'eux. Mais une fois déplumée, la grosse masse duveteuse n'est plus qu'une petite chose maigrelette.

« On ne va pas manger ça ! s'exclame Chilwell.

– Maintenant qu'il est tué, fais-le cuire, et mange-le ! Sinon ce sera un meurtre. »

Le hibou est bouilli dans la théière, et mangé.

« Dites, Muir, articule avec peine Chilwell la bouche pleine, recrachant un par un les petits os, quand nous reviendrons en Angleterre après avoir fait fortune…

– Oui ?

– Eh bien j'espère que vous ne direz pas à ma famille que nous avions du hibou au souper. »

Ils redescendent des montagnes, c'est l'été brûlant qui écrase la grande vallée centrale, insupportable après leur séjour dans les hauteurs. Ils s'engagent pour les récoltes, gagnent un peu d'argent et mangent à leur faim. Ils se séparent. Ils ne se reverront plus, ainsi vont les amitiés dans ce pays neuf bouillonnant comme un hall de gare.

Muir s'occupe à dresser des chevaux, à tondre des moutons, tous les travaux de cette Californie de western encore très agricole, mais il rêve de revenir dans la Sierra. Il veut approcher les montagnes, traverser les forêts, les plus belles qu'il ait jamais vues. Il a été ébloui, mais sa grande illumination n'est pas encore venue : John Muir n'est pas encore totalement John Muir.

Il passe l'été 1868 et l'hiver suivant à travailler. Dans les montagnes qui barrent l'horizon, la taille des arbres et la pureté de l'air l'attirent, il sent la présence de la Grande Sauvagerie, il ne l'a pas encore trouvée en Californie, il la veut, il l'a toujours voulue. Il lui faut y retourner. Il travaille où il peut tant que c'est en plein air, il gagne sou à sou dans ce seul but, il achète rageusement sa liberté.

Dans la vallée centrale de Californie, il n'y a que deux saisons : le printemps où tout jaillit d'un coup, les fleurs, les herbes, les pousses tendres au bout des branches, et l'été où tout grille, tout se recroqueville et meurt. Ensuite il pleut, et ça recommence. Les pluies commencent en novembre, et dès la fin de mai tout est comme passé au four. Alors on emmène les troupeaux hébétés de chaleur dans les hauts pâturages de la Sierra Nevada.

Muir est dans la Californie de tous les rêves, et il n'a pas un rond. Il imagine un moment de partir sans rien, sans bagage ni ressources, et de vivre comme un homme sauvage, de baies et de ruisseaux, mais c'est plus difficile à faire qu'à penser, la nature n'est pas si généreuse dans ce pays sec. Il rencontre un Irlandais qui possède des moutons, qui a fait quelques études dans un collège catholique et qui apprécie sa conversation, il s'intéresse lui aussi à la botanique et comprend que l'on veuille aller dans la montagne pour observer les arbres et les fleurs.

« Voudriez-vous accompagner mon berger qui emmène mon troupeau dans la haute vallée de la Merced ?

– À part les tondre, je ne connais rien aux moutons. Et je ne connais pas les lieux, les rivières, les fauves qui rôdent, je risque de perdre la moitié de vos bêtes.

– L'important c'est d'avoir un homme de confiance qui veille à ce que le berger fasse son travail. Le reste, ça ira, c'est lui qui s'en occupera. Vous étudierez les plantes et les arbres, et je viendrai vous voir de temps en temps. »

L'équipe se rassemble, le propriétaire qui guide deux mules chargées de provision, le berger qui restera en altitude tout l'été, et deux aides pour la transhumance, un Indien et un Chinois aussi muets l'un que l'autre ; et puis Muir, accompagné d'un gros saint-bernard affectueux qu'on lui a confié pour qu'il prenne le frais dans l'alpage, et un carnet accroché à sa ceinture, un crayon dans la poche, car aucun voyage ne peut avoir lieu sans être raconté. Ils se mettent en route dans un nuage de poussière, dans la fournaise les moutons vêtus de laine halètent péniblement, ils tentent de s'arrêter à l'ombre des quelques arbres qui s'accrochent au sol caillouteux, et il faut les pousser pour les faire repartir ; tous se dirigent avec espoir vers les montagnes enneigées vissées dans un ciel voilé. Le soir, ils rassemblent les bêtes, elles se couchent, et une fois que chaque mère a retrouvé son petit et l'a allaité, le troupeau s'endort, tous serrés contre tous, et il n'est plus besoin de s'en occuper jusqu'au lendemain. Pendant que les autres contemplent le feu en silence, s'occupent à ce mystérieux passe-temps de tailler des bâtons en pointe, Muir dessine, prend des notes, il raconte par le menu ce qu'il voit, les plantes, la qualité de l'air, et sa détestation des moutons.

Ils grimpent dans les contreforts de la Sierra, l'air devient moins chaud, plus limpide, cela sent maintenant la résine et l'herbe fraîche. Le troupeau grignote tout ce qu'il trouve, il rampe comme une grosse couverture de laine en ratissant les prés. Quel vacarme cela doit faire, de cheminer avec exactement deux mille quatre-vingt-dix moutons ! Et la poussière ! Et le parfum ! Un grand chaos de pierre cassée, de suint, d'aiguilles de pins et de broussailles chauffées qui exhalent leurs essences. Le gros tapis laineux se traîne sur la route en haletant ; au loin, les montagnes brillent dans le ciel.

« J'ai entendu quelques roulements de tonnerre en provenance des hauteurs.

Et j'ai vu des cumulus fermes, blancs, bosselés, s'élever derrière les pins.

Il devait être midi. »

Muir écrit ce haïku occidental sur le chemin poussiéreux, attentif à l'air, aux branches, à la neige qui brille au loin, mais il a conscience d'emporter avec lui un principe de destruction. Le nuage de criquets en sabots qu'il guide jusqu'aux pâturages ravage tout sur son passage, ne laisse derrière lui que des prés pelés et des buissons effeuillés. Ils sont trop. Le mouton de Californie est un élevage spéculatif : le pâturage ne coûte rien, il suffit de se servir, le climat favorable évite de prévoir la grange et les provisions pour l'hiver, on peut augmenter sans limites la taille du troupeau, on prétend que la somme investie double chaque année. Les bergers, isolés, mal payés, débordés par le nombre de bêtes, ne s'occupent guère de ces investissements sur pattes qui ne leur appartiennent pas, ils ne les connaissent même pas, ils vivent seuls dans la montagne dans un vacarme permanent de bêlements, et ils finissent par devenir des hommes sauvages à moitié fous. Le paysage dévasté ne se reconstitue pas, sa capacité de résilience débordée par l'accroissement continu des troupeaux. Dans la Californie de ce siècle d'aventures, on fait fortune en creusant une dette écologique abyssale, que personne ne voit encore. Sauf Muir, qui la pressent, par son attention aux hommes et son amour du paysage. Pétrifié d'admiration par la puissance de sa beauté, il pourrait tout abandonner pour lui. Tout ? Il n'a rien. Il parle sans doute de la société des hommes, de toute possession, et n'être plus qu'une part de Terre et de Ciel. Il a l'impression d'être chez lui ; de rejoindre l'éternité.

Il découvre sur le chemin un lys blanc, limpide comme un cristal de glace. Il lui trouve de la sainteté à cette fleur, car elle rayonne de pureté, et rend plus pur celui qui prend le temps de la regarder. Avec une plante comme celle-ci, le monde est riche, même s'il n'en existait qu'une seule. Et brusquement, au-delà du chaos laineux et bêlant qui l'encercle, apparaît une prairie recouverte de ces lys, des lys d'une blancheur éclatante mêlés d'une herbe d'un vert transparent que la lumière d'altitude fait briller comme un vitrail.

Il revoit Dunbar encore, le jardin derrière la maison, le carré de sa tante planté de lys, et elle, lente et rêveuse, venant les effleurer de ses longs doigts blancs ; John et son frère l'observent fascinés, pensant alors qu'il n'y avait rien de plus beau sur Terre que ces lys blancs et la main qui les caressait, seule beauté dans cette Écosse brutale couleur de tweed. Et voilà qu'en Californie, ce sont des champs couverts de ces lys que l'on trouve par hasard, c'est la montagne tout entière qui est un merveilleux jardin. Le troupeau continue son avancée aveugle, il bifurque et se dirige vers la sublime prairie sans que personne ne puisse endiguer sa lente ruée, comme une crue qui dévaste tout. Ils trottinent, trépignent en arrivant sur les fleurs, et broutent.

On aurait pu s'attendre à ce que la Nature protège cette beauté parfaite d'une muraille de feu, mais non ; la Nature est prodigue de ses trésors, elle les dispense sans compter comme le Soleil dispense ses rayons. L'homme et ses bêtes, aveugles, en détruisent les jardins. Les cerfs y flânent, les ours y somnolent, les lapins y gambadent, mais jamais ils n'abîment une fleur.

Pauvres moutons affamés, dont la plupart n'auraient pas dû naître, créés moins par Dieu que par l'homme avide de laine et de viande. Ils devraient disparaître, mais quand ils vont craintivement serrés les uns contre les autres, leur voix étrangement humaine fait jaillir la pitié.

Il approche, il approche… Il est tout proche. John Muir va bientôt devenir John Muir, il ne le sait pas encore mais toute sa vie le mène à cet instant, il se rapproche. On y est.

Laissant le troupeau à la garde du berger, il va seul, il se baigne dans le paysage, il s'emplit d'air cristallin, des phrases enflammées le traversent qu'il n'a pas le temps de noter dans le carnet accroché à sa ceinture qui bat sa cuisse à chaque pas. Il entend une vibration dans l'air, un grondement lointain et continu, il suit le tonnerre. Il voit à travers les troncs davantage de ciel, c'est une vallée qui s'ouvre, il s'en approche. Il dépasse les derniers conifères agrippés au granite et il est sous le ciel, il est au bord de la paroi vertigineuse qui tremble du tonnerre des cascades. La vallée se déploie à ses pieds, la grande vallée de Yosemite dévoilée en un instant comme on arrache le drap lors de l'inauguration d'une statue. Et on voit. Elle est là ! Le fond plat est disposé comme un jardin, le fleuve de la Miséricorde s'écoule en réfléchissant les rayons du soleil, le Half Dome avec sa forme si particulière de motte de beurre entamée est étrangement vivant, comme tranché à l'instant.

Muir longe le bord de la falaise, s'approche tant qu'il peut de l'à-pic, craignant que le sol ne cède et l'entraîne dans une chute de mille mètres. Mais il y revient toujours : face à la beauté, le corps humain se meut par sa propre volonté, il échappe à tout contrôle, c'est la preuve sans doute que la beauté est l'état naturel de l'homme, puisqu'elle le trouble et l'attire sans qu'il n'y puisse rien.

Il faudrait écrire, il voudrait écrire, mais à qui n'a pas vu ce paysage il ne saurait en donner la moindre idée par le langage. Alors lâchant son carnet, renonçant à son crayon, il se met à hurler, à gesticuler, à danser, dans un brusque débordement d'extase. Son chien, qui le suivait avec précaution, reste à bonne distance du vide, le regarde avec perplexité, et un ours noir, surpris, s'enfuit des broussailles où il était caché. John Muir danse en tournoyant sur lui-même, il est arrivé, il le sait, il a atteint le point exact où il devait être. Il en ressent un plaisir si intense qu'il peut à peine l'exprimer ; il ne le quittera pas pendant les quarante années qui vont suivre. Pour l'instant, il chante, il hurle, il agite les bras. C'est le coup de foudre d'un homme avec un paysage, et plus jamais il ne s'en éloignera, il lui restera toujours fidèle. Oui, je parle bien d'un paysage. Bashō, le moine errant et poète de l'ancien Japon, sans doute ressentait-il de telles fulgurances, mais comme il les exprimait en dix-sept syllabes avec un fin sourire zen, c'était plus discret.

La révélation du 15 juillet 1869 ouvre sa vie. Jamais il n'avait contemplé un si grand trésor de beautés.

Il continue. Les paysages sont insaisissables, mais on veut les saisir. Il suit la rivière, la Yosemite Creek qui serpente sur le plateau, qui s'approche du gouffre d'un mouvement aisé et gracieux vers sa destinée qui est de sauter dans le vide, huit cents mètres d'un coup sans hésiter, dans un nuage d'écume neigeux. Il en suit le cours, elle atteint le bord de la falaise, il est en haut avec elle, elle sort de sa dernière gorge et glisse sur une pente de granite poli, elle remplit un bassin comme pour reprendre ses forces, elle déborde la margelle et descend à toute vitesse un versant de pierre satinée, elle prend de l'élan jusqu'à la paroi immense, et là elle se lance, elle bondit dans les airs, et disparaît dans le vide.

Muir veut voir, jusqu'au bout. Il veut voir le moment précis de l'élan quand la rivière décolle du sol, il veut voir l'instant du défi à la pesanteur, celui du plongeon. Ses chaussures glissent sur la roche alors il les enlève, pieds nus il avance avec précaution sur le miroir de granite poli par l'érosion, couvert d'une fine pellicule d'eau qui se précipite vers le gouffre, il se tient en crispant les orteils, accrochant ses doigts à la moindre aspérité, il essaie de se plaquer au sol, de se fondre au rocher pour ne pas être emporté, l'eau rugit autour de lui, elle tonne en tombant le long de la paroi qu'il ne voit pas encore. Il veut se pencher pour voir, il veut voir là où ça se passe exactement, voir d'en haut la chute de la masse d'eau dans la vallée. Un rocher escarpé lui bouche la vue, un autre fait saillie, une étroite corniche peut y mener, la paroi offre peut-être une légère prise, il se lance sur un peut-être. Le vacarme et la puissance des flots rageurs sont éprouvants pour ses nerfs, il mâche des feuilles d'armoise pour éviter le vertige. Il se faufile pas à pas jusqu'au rebord. Il voit. D'en haut, d'entre ses pieds nus aux orteils crispés, il plonge son regard dans la chute, il voit d'en haut la masse colossale d'eau écumante qui tombe et se dilacère en fines bandelettes de nuages. Le chaos visuel et sonore étouffait en lui tout sentiment de peur, l'homme n'est plus quand il est devant un tel spectacle, il jouit de la chute. Il reste là un moment, un moment d'une durée inconnue, un moment d'éternité.

Il rentre au camp à la tombée de la nuit. Il s'effondre épuisé, tremblant du contrecoup de tant de tension, il se jure d'éviter par la suite des aventures aussi rocambolesques, et aussi épuisantes pour les nerfs. Tout aurait pu le tuer, de marcher sur une roche glissante jusqu'à voir entre ses pieds l'eau tomber de huit cents mètres, et aussi le plaisir intense, trop intense, qu'il en a éprouvé.

La nuit suivante il dort très mal, il se réveille sans cesse agité de tremblements, il sent dès qu'il ferme les yeux que la montagne s'effondre et le précipite dans la vallée dans une splendide avalanche d'eau et de rochers. Jaillissant d'un cauchemar, il se redresse d'un coup et hurle dans la nuit : « Cette fois nous allons tous mourir !… Mais quelle mort glorieuse pour un montagnard ! »

Le saint-bernard réveillé en sursaut vient se frotter contre lui, et à coups de museau affectueux le recouche, les saint-bernard ont vocation à sauver les montagnards égarés. Le matin vient enfin, il se réveille moulu de courbatures, mais heureux, car il a trouvé son lieu.

7

LA CORDILLÈRE LUMINEUSE

Le 21 juillet 1869, il voit une mouche, une sauterelle et un ours, ça fait sa journée.

Il trouve l'ours parmi les fleurs, son amical saint-bernard l'avait senti de loin et il était revenu vers lui un peu effrayé, les oreilles basses, pour lui dire par un regard implorant de ne pas aller plus loin, parce que… là-bas… il y a… « Oui, c'est un ours. Viens, je vais te montrer. » Il lui caresse la tête, le rassure, et ils se glissent tous les deux entre les troncs, le chien prudemment derrière l'homme, arrivent à une prairie où, enfoui jusqu'aux hanches dans les fleurs, un ours noir se tient debout contre un tronc de sapin abattu. Appuyé sur ses pattes de devant, le museau tendu, l'animal regarde, flaire et écoute minutieusement la montagne, c'est pour lui un moment de bonheur et de curiosité. Après l'avoir longuement observé jusqu'à en faire un élément du paysage, Muir sent monter en lui l'envie enfantine de savoir l'allure qu'il prendrait en courant. Ce sont ses manies de sale gamin de Dunbar qui le reprennent, de dénicheur d'oiseaux et de jeteur de chats par les fenêtres, mais il a grandi et c'est avec un monstre de deux cents kilos muni de dents et de griffes. On lui a dit que les ours s'effraient devant l'homme, alors il se précipite dans la prairie en gesticulant, criant, agitant son chapeau pour le faire décamper. L'ours baisse la tête et tranquillement regarde venir ce zigoto qui ralentit et s'arrête à une dizaine de mètres de lui. Ils se fixent en silence, Muir se dit qu'il a peut-être fait le mauvais choix et qu'il va finir éventré sur ce pré, il n'ose pas fuir de peur que l'ours ne le poursuive, il reste à le fixer dans les yeux, mettant tout son espoir dans ce qu'on dit encore, sur les pouvoirs du regard humain sur les bêtes sauvages, une deuxième légende sans doute, et la première n'a déjà pas très bien fonctionné. Cela dure, peut-être revoit-il sa vie en accéléré, et puis l'ours se remet à quatre pattes avec un soupir et s'éloigne, deux cents kilos de muscles et de sauvagerie enveloppés d'une pelisse de fourrure. Il traverse la prairie sans se presser, secouant la tête, agitant ses épaules, comme pour grommeler contre ce petit con venu le déranger pendant un moment tranquille qui sentait si bon les fleurs. Le saint-bernard était resté caché derrière les arbres, se promettant sûrement d'intervenir si les choses tournaient mal, mais ne faisant pas de zèle en attendant. Quand l'ours eut disparu, il rejoint son maître et le rassure à son tour, remuant la queue et lui léchant sa main un peu tremblante, le couvant de son bon regard amical de gros chien pas téméraire.

Plus tard dans l'après-midi, la mouche vient bourdonner autour de lui alors qu'il était assis à dessiner. Perché sur un gros rocher, il contemple la vallée, il s'est remis de ses émotions, il pense maintenant avec plaisir à cette rencontre avec le grand ours débonnaire qui est le maître de ces lieux, il dessine le paysage, tout va bien, sauf que la mouche le harcèle. Et il s'étonne que cet insecte lamentable soit exactement le même partout, ce qui est une exception frappante à la notion d'adaptation, qui par principe modifie les êtres en fonction du milieu et du climat. La mouche commune est partout commune, partout dégoûtante, partout exaspérante. Existe-t-il quelque part dans le monde une île bienheureuse où elle serait absente ? Et où l'on ne serait pas obligé de la chasser rageusement de son visage, encore et encore, chaque fois qu'elle vient se poser sur ce qu'elle considère sans doute comme un confortable et odorant radiateur : nous ? Mais c'est peut-être ça, l'environnement constant de la mouche : nous. Comme il fait matière de tout, il la chasse et note dans son carnet cette fine observation darwinienne.

Mais c'est la sauterelle qui le ravit vraiment. Elle réjouit sa journée, cette créature aussi étrange que joviale, pleine d'une énergie hilare qui la fait bondir dans un vif tintamarre de crécelle, ici, là, la voilà repartie pour un oui ou pour un non, la vie de ce clown paraît s'écouler dans une gaîté pure et constante, sa seule présence égaye la montagne qui résonne de ses hip, hip, hip, hourra ! de gamin. C'est une agitée un peu bruyante, dans laquelle je me demande si Muir ne se reconnaît pas un peu, la voyant comme une bande de gosses qui parcourent la campagne en hurlant, s'égayant comme un vol d'étourneaux au moindre prétexte.

« Le soleil décline
je dois rentrer au camp
bonne nuit, mes trois amis. »

Il est heureux, cela dure les deux mois d'été, deux mois intenses de bonheur qui alimenteront toute sa vie. Il monte sur le North Dome, il dessine. Sur cette demi-sphère de granite qui domine la vallée, pas de souffrances, pas d'heures noires et vides, pas d'angoisses venues du passé ni de crainte de l'avenir. Le paysage est empli de façon si compacte de toute la beauté de Dieu qu'aucun espoir mesquin ni aucune médiocre expérience personnelle n'y peuvent s'y glisser.

L'eau, la simple eau qui coule des cascades est grisante comme un champagne, l'air l'électrise à chaque inspiration, chaque mouvement est un bonheur, et l'absence de mouvement aussi. Son corps tout entier perçoit la beauté déployée autour de lui, de la même façon qu'il sentirait la chaleur d'un feu devant lequel il serait assis. Posé comme une mouche sur l'arrondi de granite lisse comme un crâne, il dessine. Il dessine toujours aussi naïvement, mais avec sincérité et une grande concentration. Je comprends cette pratique, j'ai la même : dessiner sans talent particulier, sans beaucoup d'habileté, mais avec enthousiasme. L'acte seul compte, car l'acte de dessiner est une forme active de contemplation, une forme de concentration extrême sur deux lieux à la fois, bien qu'ils soient incommensurables : la mine aiguisée du crayon qui glisse sur le papier, et le paysage dans lequel on est assis, c'est la pointe aiguë de la conscience qui s'affole à saisir la totalité. Car la question se pose : comment *saisir* un paysage ? Le paysage enveloppe, il a un effet puissant qu'il est difficile de définir, il pose une énigme toujours près d'être résolue, mais non, c'est comme un mot sur le bout de la langue, mais une langue qui serait le corps entier. Le geste sur la feuille laisse une trace en lien avec ce que l'on voit, et ce filet crayonné, par une forme d'hallucination, finit par le *saisir* ; quoi que l'on entende par ce terme. Dans un paysage, on peut ressentir la même inquiétude que saint Augustin face à Dieu, ce qui n'est pas hors de propos tant Muir voit tout par le prisme du divin : « Tu es au plus intime de moi-même, et à la fois Tu me contiens », écrivait ce saint introspectif, et cela peut décrire le rapport au paysage.

Dessiner soulage, apaise, canalise le corps qui sinon s'agite en vain ; dessiner permet de voir mieux qu'avec les yeux qui sautillent d'un point à l'autre, permet d'attraper le monde et de se savoir dedans. La qualité du résultat n'a pas d'importance, quand on se réveille de ce moment où l'on a mangé le paysage, on peut bien partir en laissant le dessin, il ne manquera pas, tout a été accompli au moment de le faire.

Muir accroche son carnet à sa ceinture, je ne comprends pas comment, mais je vois bien l'idée de pouvoir le saisir à chaque instant. Ainsi équipé, il s'approprie les beautés qu'il traverse en les dessinant, il se laisse aller à une admiration sans phrases, sans volonté d'apprendre quelque chose de précis, mais animé de cet effort puissant, fait d'abnégation et de renonciation à tout confort et toute possession, à la seule fin de saisir quelques lettres du divin manuscrit. Il est plus aisé de sentir que de comprendre, puisque l'un demande une sensibilité libre, et l'autre de gros efforts ; Muir sent de la façon la plus aiguë, et il s'efforce aussi de comprendre par son bel esprit méthodique, mais ce n'est qu'un prétexte, ce n'est que dans le but de mieux sentir encore, parce que c'est cela qu'il veut, de tout son être : toutes ses pensées rationnelles, toute son activité scientifique sont au service de la jouissance de se promener, qu'il ressent au plus haut point comme un exercice de sa liberté. Après une enfance où le moindre mot était de trop et tout acte autre que de travail une impiété, on voit quelles barrières il a sautées d'un bond, et le chemin parcouru.

Mais comment puis-je me mêler de ça, puisque je ne suis pas allé à Yosemite ? C'est que Yosemite, le Yosemite réel tel qu'il existe maintenant, n'a pas tant d'importance pour comprendre Muir, n'importe quelle montagne sublime fera l'affaire, ce qui compte c'est le regard, la posture, l'élan. Pourtant, j'ai pensé y aller, emporté moi aussi par cette naïve croyance que l'expérience est nécessaire pour écrire, obéissant machinalement à cet impératif de documentation auquel on croit les écrivains soumis, habité comme tout le monde de cette superstition d'aller voir les lieux pour mieux les rendre par l'écriture, parce que là, ça sentirait vraiment le vécu. Mais l'écriture est une invention. Si les livres de Muir sont puissants, ce n'est pas par ce qu'il a vécu et qu'il raconte, cela ne concerne que lui, mais par le prodigieux talent qu'il a pour les écrire. Parce que des voyageurs, le monde en est plein, la plupart ont disparu sans léguer ce qu'ils ont vu et compris, sinon autour d'un verre, entourés d'autres ivrognes qui ne les croient qu'à moitié. John Muir est un écrivain de la Nature, et parvenir jusqu'à lui se fait en traversant ses pages plutôt qu'en suivant ses traces.

J'ai quand même consulté les cartes, les horaires de vols, le trajet précis du *John Muir Trail*, et puis j'ai lu avidement les récits illustrés que l'on trouve sur les blogs de voyageurs, sans intérêt littéraire ni photographique, mais très informatifs ; et puis je me suis dit que ça n'en vaudrait pas la peine, que cela ne me rapprocherait pas de mon sujet, parce que la tentation touristique est une impasse : le tourisme est un maléfice qui rend faux tout ce qu'il touche.

« Vous êtes bien sûr allé à Yosemite ? me demande-t-on quand je parle du livre que j'écris sur Muir.

– Non…

– Oh, mais il faut y aller, c'est magnifique !

– Sûrement… (Je me rends compte que mon interlocuteur en sait souvent plus que moi, il me le fait savoir, mais il n'a rien écrit.)

– Vous avez une connaissance *intime* de la Californie pour pouvoir en parler ? (Le ton se fait inquiet, la réprobation n'est pas loin.)

– Pas du tout…

– Mais alors, vous vous basez sur quoi ?

– Euh… beaucoup de westerns… (Là, on ne me prend plus du tout au sérieux.) »

Je suis bien persuadé que Yosemite est magnifique, mais y aller pour m'imprégner de Muir, pour voir ce que ses yeux ont vu, pour m'imaginer à sa place et ensuite mieux écrire, tout cela est inutile. Le monde de Muir a disparu, déjà à la fin de sa vie il était en train de disparaître, ce qu'il avait vu vingt ans auparavant n'était déjà plus. Le tourisme, les chemins de fer, les grands troupeaux, l'incroyable croissance des villes nouvelles, les barrages, les mines, l'exploitation forcenée des ressources, la furieuse activité américaine modifiaient le paysage et ravageaient la forêt. Depuis sa mort, c'est un siècle supplémentaire de tourisme, d'exploitation et d'aménagements qui ont tout changé. Ce sentiment de contemplation de la Création tout juste créée, tel que l'éprouvait Muir en marchant seul dans la Sierra Nevada, comment l'éprouver aujourd'hui ? Où donc ? Si ce n'est aux Kerguelen, ou plus loin encore.

Et puis la façon qu'avait Muir de voyager est impossible à reproduire. Son endurance est surhumaine, son dépouillement le rapproche de la sainteté. Muir, c'est saint François dans la montagne, en sandales et robe de bure, saluant les arbres et les oiseaux, confiant le boire et manger à la Providence par la grâce des ruisseaux et des baies. Refaire les trajets avec des chaussures de montagne, un sac à dos, un réchaud et une tente, des rations lyophilisées et un GPS serait une pâle imitation, un faux témoignage, et au fond un contresens.

Quand j'envisageais d'y aller, j'ai regardé des photos de Yosemite Park, et j'ai vu que pour atteindre le Half Dome où Muir grimpait seul, on doit maintenant tenir une rampe métallique plantée dans le roc, et on doit suivre pas à pas la file ininterrompue de promeneurs qui serpente vers le sommet, on y fait la queue pour se prendre en photo, en se contorsionnant pour laisser penser que l'on y est seul. Pareil pour Glacier Point, aujourd'hui bordé de barrières, équipé de tables d'orientation, et aussi pour sa gargouille, ce rocher qui fait saillie au-dessus du vide où Muir a été photographié, on fait la queue pour croire y être un instant seul, comme lui, seulement quelques instants pour la photo.

Je ne m'approcherais pas plus de John Muir en marchant sous des séquoias, entre des retraités en goguette et des gamins survoltés en sortie scolaire, que je ne m'approcherais du Moyen Âge en traversant Saint-Émilion bondé en plein mois d'août. Je pourrais toujours faire de l'ultra-trail, courir cent kilomètres à la file sur les sentiers avec seulement une gourde sur le dos, ça ressemblerait sans doute un peu plus à ses aventures et en donnerait une meilleure idée, mais je ne cours pas si loin, et puis les sentiers sont gardés, l'administration du parc ne vend que vingt-cinq entrées par jour, il faut faire la queue au petit matin pour espérer accéder à la liberté des hauteurs, ce qui rend l'imitation de Muir un peu ridicule ; et puis je ne suis pas un aventurier de l'extrême, toute tentative en ce sens, que ce soit en courant ou au pas, serait déraisonnable et risquée. Ce Muir tel qu'il se raconte dans ses livres, qu'en revanche j'ai tous lus, je ne peux que le rêver ; mais je rêve fort, et avec beaucoup de constance.

Muir est un aventurier, je ne suis qu'un promeneur ; Muir est un botaniste émérite, je ne le suis qu'un peu, par une formation universitaire que j'ai beaucoup oubliée faute de pratique ; par contre, je sais davantage de géologie que lui puisque depuis l'invention de la tectonique des plaques à la fin des années 1960, nous disposons d'une géologie qui permet de comprendre quelque chose de la formation des montagnes. Nous ne nous ressemblons donc pas, et pourtant tout ce qu'il fait, dit, écrit, me touche au plus profond. Sans doute parce qu'il est écrivain, et là moi aussi ; parce qu'il aime la Nature, l'air comme un fluide électrique, l'eau comme un philtre d'amour, les arbres comme des frères, et là moi aussi. Par ce que je lis de lui, et par le bonheur que j'ai à m'approcher des arbres, par cela que nous partageons, je crois comprendre quelque chose à ce John Muir sur lequel j'écris.

En ce très bel été 1869, les jours s'écoulent toujours de la même façon, à se promener, à s'extasier, à explorer tous les chemins, à revenir où il est allé et s'extasier encore, c'est sans fin. Les moutons paissent, ils n'ont guère besoin d'autres distractions, ils sont rassemblés le soir dans le corral qui a été bâti en arrivant, le propriétaire les ravitaille de temps à autre, il monte de la plaine des sacs de farine, de haricots, de thé, de quoi nourrir les deux hommes qui gardent ses biens, John Muir le promeneur cultivé et Billy le berger rustique. Quand le ravitailleur a du retard, ils manquent de farine et donc de pain pendant plusieurs jours, Muir souffre. Depuis qu'il est parti du Wisconsin, il ne se nourrit que de ça : de pain, d'eau, de thé. Quand il dit qu'il met un morceau de pain dans son sac et part à l'aventure, ce n'est pas une image, c'est ce qu'il mangera. Il tient tout un discours médical sur l'excellence d'un régime exclusif de pain, ce qui prouve qu'il doit aussi en convaincre ses contemporains. Pendant les jours de manque, il rêve d'expédients : récolter des plantes riches en fécule, faire bouillir des saxifrages, râper des rhizomes de fougères, il regrette de ne pas savoir se nourrir comme les Indiens qui trouvent de la farine dans la nature. Ce n'est pas qu'ils crèvent de faim, ils ont les moutons. À l'heure des repas, ils en prennent un et le mangent, Billy l'égorge, le découpe et le cuisine, Muir s'y refuse, il s'occupe du feu et de la vaisselle en regardant ailleurs. Il mange avec réticence, ça le dégoûte de se nourrir de viande, la chair cuite le dégoûte, la graisse le dégoûte, le meurtre nécessaire à la viande le dégoûte, et quand arrive le ravitaillement, il est infiniment soulagé.

Billy, lui, ne craint pas la graisse, il y mord à pleines dents, essuie sa barbe d'un revers de main et son couteau d'égorgeur sur son pantalon. Il ressemble aux trognes dont les réalisateurs contemporains aiment peupler leurs westerns, en insistant sur la déglingue, la crasse et la brutalité. Mais ici, c'est plus baroque, personne n'a encore osé filmer comme ça. Il chique du tabac toute la journée, il garde ses moutons avec un colt à six coups à la ceinture, et de l'autre côté, pour équilibrer, il a suspendu son déjeuner dans un sac de toile. Au matin, il fait frire du lard et des haricots, verse le contenu de la poêle dans le sac, et se l'accroche à la hanche. Toute la journée le jus gras dégouline à travers la toile, toute la journée il puise dans ses provisions, en avale une poignée et s'essuie machinalement la main sur la cuisse. Le pantalon imprégné de graisse et de résine devient un mystérieux objet géologique où sont agglomérés des fragments d'écorce, des grains de sable brillants, des aiguilles de pin et des fleurs, des ailes d'insectes, du pollen et de petits fragments animaux, c'est une collection complète de naturaliste qui comprendrait un échantillon de tous les éléments de la sierra. Il ne quitte jamais son pantalon, il va dormir contre la palissade du corral dans un tas de pourriture sèche à côté d'un arbre abattu, ajoutant chaque matin une couche de poudre de bois rouge à son œuvre textile. Quand Muir lui propose d'aller admirer la vue que l'on a du bord de la vallée, c'est à moins de deux kilomètres, lui offrant de garder les moutons, il refuse.

« C'est quoi, votre Yosemite ? Un trou dans un tas de cailloux, un endroit dangereux, un de ces foutus lieux qu'il vaut mieux éviter.

– Mais songez aux cascades, Billy. Vous les entendez d'ici, on croirait l'océan. Allez les voir !

– J'aurais bien trop peur de les regarder, ça me ferait tourner la tête. Il n'y a rien à voir, que des rochers, et ici j'en ai autant que j'en veux. Les touristes qui dépensent leur argent pour voir des rochers et de l'eau qui tombe sont des imbéciles, c'est tout. On ne me roulera pas, moi. »

Muir, désolé, renonce. Le berger le plus sale de la Sierra n'ira pas découvrir la beauté. Il se dit que de telles âmes sont endormies, ou même étouffées par les soucis mesquins. L'âme de Muir en revanche est cristalline, affûtée, en éveil permanent.

Assis sur la clôture du corral, il regarde les prés, il admire des lièvres qui font les foins, qui coupent de l'herbe et la mettent à sécher sur des pierres pour remplir leurs terriers de provisions d'hiver. Ces petites créatures doivent posséder une matière grise assez semblable à la nôtre pour agir de façon si appropriée, quelle leçon elles nous donnent, combien elles élargissent nos sympathies !

Et en voyant les vieux genévriers millénaires qui rampent sur le sol rocheux, leurs racines infiltrées dans les fissures à une profondeur inconnue, il rêve de se tenir comme eux mille ans au même endroit, de se nourrir de soleil et de neige fondue, et par cette patience infinie, tout voir et tout connaître, on viendrait le visiter de toute la montagne, et il ne connaîtrait pas un seul moment d'ennui.

Comment dire le bonheur de John Muir pendant cet été dans la Sierra ? Comment dire le bonheur de quelqu'un d'autre ? D'autant plus qu'il n'est pas lié à des événements marquants dont on pourrait faire le récit, mais à un état d'enchantement constant, dû à la plongée dans un paysage que l'on pourrait très bien, par un coup de vague à l'âme, voir comme le voyait Billy : un trou, de la flotte froide, un tas de cailloux. Muir sent la vie autour de lui, la vie en lui, il exalte la vie même, qui pour lui est Dieu ; alors, comment le raconter, comment l'écrire ? Lui-même le fait, il remplit son carnet de notations, il écrira plus tard des récits de voyage qui mêlent moments d'extase, anecdotes amusantes, glorification du Créateur, et de longues listes de plantes, il est vrai un peu barbantes.

« Pas de montagne de nuages aujourd'hui
il paraît étrange de ne pas entendre le tonnerre de midi
comme si l'horloge de la Sierra s'était arrêtée. »

Comment dire un bonheur ? Je ne vais pas paraphraser, je serais en dessous du modèle. Je ne vais pas citer des pages entières, ce serait assommant. Alors je prélève des phrases, je les découpe pour leur donner un rythme ternaire, j'en fais des haïkus irréguliers, je donne à Muir les habits de Bashō, ce moine dont le nom de plume signifie *Le Bananier*, encore un amoureux fou des plantes, qui allait par les chemins d'un bout à l'autre du Japon, et notait surtout le vol d'une libellule ou le silence d'un pin. Le bonheur ressenti dans un paysage est instantané, il ne se raconte pas, la foudre du poème est seule capable de le transposer. Alors je fais de Muir un poète zen, mais il l'est déjà, sans moi. En face de la Californie qu'il parcourt, de l'autre côté du Pacifique, quelqu'un a considéré la Nature comme lui-même la considère, une merveille, que l'on dit avec concision, humour et fulgurance. Je le laisse dire.

« 29 juillet
Clarté, fraîcheur, griserie
encore une splendide journée de randonnée,
de dessin, de bonheur universel. »

« Les forêts, les lacs, les prairies
les allègres ruisseaux qui chantent
j'aimerais passer toute ma vie auprès d'eux. »

« La solitude tout entière me paraît vivante et familière,
pleine d'humanité.
Les roches elles-mêmes semblent bavarder,
fraternelles,
débordantes de sympathie.
Ce qui n'a rien d'étonnant,
nous avons tous les mêmes père et mère. »

Mais dans le jardin de la Création, le réel veille. Pas cette Grande Réalité qui affleure en de brusques épiphanies, que Muir devine, que Bashō devine, mais le réel prosaïque qui pèse, toujours en train de s'effondrer sur lui-même, miné d'un inépuisable principe de destruction.

Le troupeau moutonnier qu'il a monté jusque-là lui semble insupportablement étranger à ces jardins, il y provoque des dégâts qui lui brisent le cœur. Mais les moutons sont là, il faut les soigner, les compter, se réjouir qu'ils soient tous là, et aller chercher ceux qui se perdent et n'osent pas rentrer par eux-mêmes tant ils sont paralysés de terreur dès que le gros du troupeau est hors de vue. Il n'a que mépris amusé pour la bêtise des moutons, incapables de liberté, préférant à toute autre chose rester à brouter les uns contre les autres. On les croirait vêtus de velcro, et construits avec la tête inclinée pour mieux brouter tout le temps, pour ne jamais rien voir d'autre que l'herbe qu'ils détruisent. Derrière eux, ils laissent la terre nue sans même s'en rendre compte, et ils se déplacent lentement comme une monstrueuse chenille qui méthodiquement grignote le paysage.

Une nuit, l'ours vient se servir. C'est pour lui une bénédiction, cette nourriture immobile et rassemblée. Il saute dans le corral, attrape un mouton comme s'il faisait ses courses, et file dans les bois, cent mètres plus loin pour le dévorer en paix. Les moutons bêlent, s'affolent, courent dans tous les sens en restant serrés les uns contre les autres, ceux sur les bords bondissent par-dessus la barrière et filent dans la nuit. Au matin Muir et Billy font le bilan : un mouton dévoré, six morts étouffés dans la cohue, cent cinquante disparus par petits groupes qu'il faut patiemment rassembler toute la journée suivante.

Billy, qui dormait dans son tas de bois mort le long du corral pour rester près des moutons en cas d'attaque d'ours, change de couche, il s'installe à l'autre bout du camp de peur d'un malentendu et d'être pris pour un mouton. Le soir, Muir allume un grand feu et monte la garde avec son chien. Il aime les feux, toutes les occasions sont bonnes pour en faire, il aime les feux de camp comme tout le monde, mais il les aime démesurés, il aime les montagnes de branches d'où jaillissent des flammes plus hautes que lui qui illuminent les lieux et les arbres, qui les transforment en colonnes palpitantes sur le fond très noir de la nuit. L'ours ne s'en impressionne pas, il voit l'homme de loin et le contourne, il se sert à nouveau, s'ensuit affolement, étouffement, fuite, le troupeau est tout tremblant au matin, il faut de longues heures pour le calmer.

Muir rêve de revenir dans la Sierra sans ces boulets de laine, il rêve d'avoir un peu d'argent pour marcher à sa guise dans les endroits les plus sauvages, et de ne redescendre voir les hommes que pour trouver une boulangerie quand son sac à pain serait vide, et puis remonter, vite. S'il était seul, même ces courses à la boulangerie ne seraient pas du temps perdu, car à l'aller comme au retour il verrait des merveilles, chaque jour serait plein de merveilleuses leçons. En attendant, il traîne son troupeau de froussards dévastateurs et son berger ronchon, et ils changent de vallée pour échapper à l'ours.

Il grimpe dans la montagne, il va jusqu'où les arbres ne vont plus, il marche entre des plaques de neige d'août où ne poussent plus que des saules nains et des buissons d'airelles, là il rencontre des Indiens. Vingt ans après la ruée vers l'or, ils vivent une vie de chasseurs-cueilleurs dans les montagnes de Californie. Muir reconnaissait parfois leurs traces, un feu, un campement abandonné, mais il les voyait rarement. Ce jour où il franchit un col dans un chaos de rochers nus, il aperçoit une file de créatures étranges, emmitouflées, qui avancent d'une démarche gauche et avachie, comme s'ils étaient dépourvus de squelette. Il les attend, ils s'approchent, ce sont des Indiens du lac Mono enveloppés de couvertures de peau de lièvre, en route pour Yosemite où ils vont récolter des glands. Ils l'entourent, ils sont affreusement crasseux, hirsutes, ils le supplient de leur donner du whisky et du tabac, ils l'assiègent de leurs demandes plaintives, la scène est lugubre. Muir n'a rien dans sa musette qu'un peu de pain, alors ils s'en vont, à son grand soulagement. Et il éprouve une immense tristesse d'avoir été révulsé par ses semblables, aussi avilis soient-ils. Ce sont les mots exacts qu'il emploie, *révulsé*, « *avilis* », des mots surprenants quand on sait son regard si bienveillant. Il s'inquiète de sentir en lui ce manque d'humanité, mais ce ne sont pas des Indiens qu'il a croisés, ce sont des survivants, les débris d'un monde ravagé par les guerres indiennes qui ont suivi la ruée vers l'or. Chassés, expulsés, traqués, purement et simplement massacrés, ils vivaient en clandestins dans la montagne, et peu à peu ils disparaissaient. L'histoire d'Ishi, « dernier Indien de Californie », en est la figure connue, souvent racontée : très jeune, survivant du massacre du Three Knolls en 1865 où quarante Yahis sont massacrés par des colons, il s'échappe avec sa mère et quelques autres, et ils vivront cachés jusqu'en 1908, où des techniciens d'un barrage hydroélectrique les découvrent, n'étant plus que quatre. Et en 1911, seul, il se rend. Il fut étudié par des ethnologues et linguistes et mourut de tuberculose en 1916, deux ans après la mort de Muir. Il est l'emblème émouvant de la déchéance de ce monde d'avant la conquête, dont les derniers habitants vivotent dans les fossés et les buissons, tandis qu'autour d'eux tout se transforme.

Muir aime intensément la nature, mais il n'idéalise pas les Indiens. Dans leur façon de vivre, la plupart de ceux qu'il a vus ne sont pas plus proches de la nature que les Blancs civilisés. Ce sont ses propres mots, encore une fois surprenants sous la plume de cet homme qui est la bienveillance même, mais on n'échappe jamais à son temps. Ce qui lui déplaît chez eux, c'est leur saleté, alors que rien de ce qui est véritablement sauvage n'est sale. Les carnivores n'ont pas une seule trace de sang sur leur pelage, les oiseaux gardent leurs plumes toujours éclatantes, les écureuils qui vivent dans les pins poisseux se nettoient soigneusement de toute trace de résine. Il n'est que l'homme qui soit sale, et la crasse des Indiens qu'il rencontre les place de fait hors de l'état de nature. Il n'y a chez lui aucun mythe du bon sauvage, aucun fantasme d'un temps où l'homme vivrait en harmonie avec la Nature. Pour lui il y a la Création, harmonieuse en elle-même, et l'homme qui vient la troubler, quelles que soient sa race, son ancienneté et sa culture. L'homme est partout homme, il est toujours un intrus.

Mais, avoue-t-il finalement, s'il connaissait mieux les Indiens, il les aimerait mieux. Et quand en redescendant il croise des femmes récoltant du seigle sauvage, ployant les tiges et les secouant dans leur panier pour en faire tomber les grains, avançant toutes ensemble dans les grandes étendues de graminées en riant et papotant, y prenant visiblement plaisir, il leur trouve un air quasi *naturel*, ce qui dans sa bouche est presque un compliment, et il voit là une excellente besogne, digne des écureuils, ce qui est vraiment pour lui un compliment.

L'automne vient, à la mi-septembre il faut descendre, il serait bien resté. Devant les fougères d'altitude, il s'étonne qu'elles survivent à l'hiver. « Comment survivez-vous à tant de neige, à un tel froid ? – Nos racines s'enfoncent dans les fissures des rochers, et le gel ne peut nous atteindre. Nous passons la moitié de l'année à dormir, en rêvant du printemps. » Il se rêve en fougère somnolente, il resterait bien là.

Il faut redescendre, vraiment. Le troupeau reprend son périple poussiéreux. Il traverse des forêts où des écureuils épluchent frénétiquement les cônes de pins pour stocker les pignes, et c'est une agitation fébrile dans les branches, une pluie continue d'écailles qui miroitent au soleil. La chaleur revient, étouffante. Ils rencontrent à nouveau des gens. On leur propose du vin, que Muir trouve insipide et boueux, sans finesse par rapport aux eaux pétillantes de la Sierra.

Les touristes viennent à Yosemite, loger à l'hôtel, voir les cascades, monter au point de vue. Muir s'étonne qu'ils ne semblent absolument pas subir l'influence de la grandeur qui les entoure. Ils avancent en groupes serrés, les yeux baissés, gâchant par leurs déchets et leurs bavardages les lieux où ils passent, sans aucune conscience de la beauté, sinon celle que leur explique leur guide. Ils s'occupent à pêcher, cela laisse Muir perplexe. Bon, encore, si des paroissiens s'amusaient à pêcher dans les fonts baptismaux pour passer le temps pendant un sermon ennuyeux, il comprendrait, mais là, dans le temple de Yosemite, prendre plaisir à la souffrance des poissons qui se débattent plutôt que d'écouter les cascades, alors que c'est Dieu lui-même qui prêche sous forme d'arbres et de rochers, il ne comprend pas. En bas il s'ennuie, rien ne lui plaît, il veut retourner dans la montagne. Ce n'est plus pour lui la sierra lointaine telle qu'il la voyait en poussant ses moutons, mais la cordillère de lumière où se révèle dans sa plus grande perfection l'œuvre du Créateur, qui l'accueille dans sa splendeur intacte comme le premier homme sur Terre. C'est le jardin d'Éden, et lui, Adam.

8

L'OBSESSION DES GLACES

« Je suis captivé, je suis lié,
l'amour de la nature pure et sans tache
efface tout autre objet de considération. »

Il décide de vivre dans la vallée, il s'installe d'abord dans l'hôtel de James Hutchings, en face des chutes. La vallée est toute neuve et déjà un hôtel, c'est une destination de vacances avec promenades, points de vue, pêche à la truite dans les torrents et cure de grand air. Voilà vingt ans rien de cela n'existait, la vallée était inconnue à part de quelques coureurs des bois qui passaient et qui ne laissaient aucune trace. Elle est stupéfiante, la vitesse à laquelle la Californie se peuple, s'explore, s'organise. Avant 1848, on n'y trouvait que quelques bourgs côtiers autour des missions espagnoles, des ranches et des Indiens dans la montagne, beaucoup d'Indiens, deux cent mille, trois cent mille peut-être, le compte exact ne sera jamais fait. Avec la ruée vers l'or, tout s'emballe, les mineurs affluent, en 1850 c'est un État américain. En 1851, un bataillon est envoyé dans la vallée de Yosemite pour protéger les mineurs des attaques indiennes. La compagnie du major Savage construit un fort, mène une guerre totale où les Indiens sont tués en masse, éradiqués avec méthode ; ce qui reste se disperse dans la montagne, ils mourront de maladie, de faim, d'isolement. Au moment où Muir se promène sous les arbres, il reste peut-être vingt à trente mille Indiens en Californie, et là aussi le compte ne sera jamais fait.

En 1855, James Hutchings visite la vallée. Venu d'Angleterre, il a d'abord été prospecteur, il se rend vite compte que l'or ne rend pas riches ceux qui le cherchent, et il envisage des activités moins aléatoires. Acquérant une presse à imprimer, il fait fortune en produisant du papier ligné qui servait à la correspondance de cette masse d'hommes isolés que constituaient les nouveaux colons, et puis il comprend le potentiel touristique de la Sierra Nevada, région sauvage pas si éloignée des villes en expansion. Visitant la vallée, il est le premier à en mentionner les chutes vertigineuses, tous ceux qui l'avaient précédé ne s'occupaient que d'Indiens à pourchasser, ou de sables aurifères à trouver. Il se fait accompagner d'un dessinateur, et en 1856, toujours imprimeur, il publie le récit illustré de son voyage dans le premier numéro de sa propre revue, le *Hutchings' Illustrated California Magazine*. Il ouvre un hôtel. Son magazine paraît chaque mois pour soutenir le tourisme naissant et promouvoir une mythique Californie sauvage, c'est un pot-pourri d'anecdotes historiques, de reportages un peu romancés, de considérations naturalistes. Hutchings est le fondateur de Yosemite comme destination touristique, c'est un habile entrepreneur en tout ce qu'il fait, qui a compris qu'en ce domaine on vend du rêve, et que le rêve il faut l'écrire. Littérairement, les articles du magazine sont vraiment d'époque, un peu lourdement écrits, pleins d'une érudition assez assommante, mis en scène sur un ton de vieux trappeur assez convenu. De nos jours, c'est Muir qu'il faut lire, rien d'autre.

« Il n'y a pas de neige dans la vallée,
le sol est couvert de feuilles de chêne et d'érable,
rouges et dorées.
La plupart des fleurs sont mortes,
il reste les fougères. »

Pour Hutchings toujours en quête de nouvelles ressources, Muir conçoit une scie hydraulique qui débitera des troncs en planches et bois de construction. Comme il a horreur d'abattre un arbre, il n'utilisera que du bois tombé, les pins renversés en nombre par une tempête de l'année précédente. De ses mains, il construit une cabane de rondins auprès des chutes. Au sol, il pose des dalles bien jointes et au milieu laisse passer un ruisseau. L'eau entre dans sa cabane d'un côté, sort de l'autre, et de son lit de plumes de cyprès suspendu au toit, se détachant par sa délicatesse du tonnerre des chutes, il entend toute la nuit son ruisseau roucouler. Au printemps, les fougères pousseront entre les dalles, minces et pâles à cause de la lumière tamisée. Des grenouilles entrent chez lui et chantent. C'est la plus belle cabane de la vallée.

Le soir, seul, il entend le tic-tac de son horloge, le crépitement du feu, et le rugissement irrégulier des cascades comme un ressac sur une côte rocheuse. Il lit Lyell, Tyndall, Darwin, c'est-à-dire tout ce que la science de son temps produit de neuf, les considérations géologiques de Lyell qui considère le temps long pour expliquer la lente mise en place des phénomènes géologiques, les travaux de Tyndall sur la glaciologie et le mouvement des glaciers, et Darwin, qui inscrit le vivant dans l'histoire et pense le lien intime entre végétaux, animaux et environnement. Dans sa cabane du Far West, cet homme continue de se construire une solide culture universitaire. Il a des amis aussi, qu'il a connus à l'université, il leur écrit. Beaucoup aux Carr, un couple dont Ezra était son professeur de sciences naturelles, mais c'est surtout avec son épouse Jeanne que Muir a entretenu une longue et amicale relation épistolaire. Elle a quinze ans de plus que lui, elle est écrivaine, naturaliste, intelligente et sensible, et quand ce jeune homme sorti de sa ferme est arrivé à l'université, elle a tout de suite compris ses extraordinaires dons intellectuels. Elle l'a soutenu, encouragé, lui a fait profiter de ses relations, et John lui a toute sa vie écrit de longues lettres qu'il adresse à *Madame Ezra Carr* et commence invariablement par « Chère amie », la considérant comme une confidente, une partenaire de pensée capable de tout comprendre, et aussi de lui donner des conseils. Ils sont partis vers l'ouest, se sont installés à Oakland, ils se verront même parfois à Yosemite, mais c'est par lettres que leur relation est la plus intense ; nous sommes au XIXe siècle.

Il écrit à ses frères et sœurs dispersés dans divers États, du fond de son ermitage il leur réaffirme son affection, et le réconfort que lui apporte *l'idée* de l'unité de leur famille : « Nous sommes unis comme un bouquet d'arbres jaillissant de la même souche. Ne me considérez pas comme absent, j'ai pris simplement un peu de distance pour contempler les jardins du Seigneur. » L'entendre affirmer avec tant d'enthousiasme qu'il est là tout en n'étant pas là est surprenant, mais bien dans le personnage : la force de sa pensée crée de la présence, l'espace et le temps n'ont pas tant d'importance que ça, il croit en l'Esprit, et en toutes ses propriétés paradoxales. Et puis il préfère que la famille étouffante reste à distance. Muir est spiritualiste, en permanence ; imprégné de culture biblique et d'un amour profond pour la nature, il se crée à son usage une sorte d'animisme monothéiste, étrange chimère qui lui fait avouer ne pas être entré dans une église depuis son départ de chez lui, mais de considérer cette vallée merveilleuse justement comme une église, où la gloire du Seigneur est écrite en majuscules.

Grandi dans le calvinisme écossais, échaudé par la version rigide et folle qu'en prônait son père, il ne renie pas sa foi : il aime rendre grâces, mais par la contemplation. Et qu'on ne vienne pas lui chercher noise sur des points de dogme : après une enfance vécue dans la maniaquerie littéraliste, les opinions rigides lui font horreur, et en matière de religion il les trouve carrément hideuses.

Il invente des célébrations à son usage. Le doux soleil réveille son corps au matin, et c'est un baptême par immersion ; le rayonnement qui émane de la beauté des fleurs, c'est aussi un baptême, par versement ; un bain dans les embruns des chutes, c'est encore un baptême par aspersion. Au cours de la même journée, il est baptisé trois fois, selon trois rites différents ; tous les baptistes sont ses frères. Il ne voit pas sa vie autrement que par l'Esprit, mais n'a aucun intérêt pour la religion.

Un matin tôt, le Soleil se levait à peine, on frappe à la porte de sa cabane. C'est une vieille dame élégante, engoncée dans une longue robe qui ne laisse rien voir, ni chevilles, ni bras, ni gorge, de ces robes du XIXe siècle faites pour bien envelopper les femmes, toujours encombrantes même en leur version *de voyage*.

« C'est vous l'homme qui aime tant les fleurs ?

– Euh oui… mais entrez. »

Il la fait asseoir sur une bûche, reste poliment debout parce qu'il n'est pas d'autre siège, et dans le parfum de résine qui embaume sa cabane, ils passent la matinée à bavarder sans cérémonie de tout ce qui importe vraiment, la Vallée, la Nature, le Créateur et l'Au-delà, toutes choses à majuscules, mais qu'ils sentent bien concrètement autour d'eux. C'est une discussion telle que Muir les adore, pleine de pensées élevées et d'exemples concrets, avec une dame distinguée, heureuse de converser avec un homme doux et enthousiaste, un peu trop bavard sans doute quand il est lancé, mais qui lui parle et l'écoute sans considérer jamais sa robe. Muir parle aux hommes, parle aux femmes, sans jamais marquer de différence, il reconnaît l'esprit en tous et en toutes, libre qu'il est des rigidités sociales, et son regard sans brutalité masculine. Il rencontre un bel esprit, ils bavardent. La vieille dame élégante le remercie avec effusion de ce merveilleux moment, retourne à l'hôtel, ravie d'avoir rencontré ce drôle d'homme au visage rayonnant dont on commence à parler parmi les touristes de Yosemite.

Il grimpe comme une chèvre, prend des risques, fait de trop longues randonnées ; il rentre trempé parce qu'il se fait fouetter par les cascades, il marche toute la nuit pour revenir, se guidant sur le bord des gouffres à la lumière de la Lune, il les devine plus qu'il ne les voit ; il ne tombe pas.

« Vous avez traversé la cascade ? demande Hutchings, un peu inquiet de le voir arriver à l'hôtel avec ses vêtements collés au corps, la barbe dégoulinante, les cheveux plaqués, une flaque s'étalant lentement à ses pieds.

– Je crois… Il sourit, ses yeux bleus étincelants de malice.

– Vous n'êtes pas sûr ?

– J'étais un peu en transe, je suppose. Mais j'étais quand même bien dans ce corps, je vous assure… Il a été cruellement battu et détrempé…

– Vous raccourcissez sévèrement votre vie à faire de l'escalade dans ces conditions.

– Qu'est-ce que je m'en moque, de la longueur arithmétique de mes jours ! J'ai déjà eu toute une vie de joie. »

Et il va se coucher.

Puis… il vint.

Au printemps, dans les couloirs et les salons de l'hôtel se glisse un murmure, repris de bouche en bouche : « Emerson est là… Emerson est là… » On se presse, tous veulent le saluer, lui parler, recueillir quelques mots qui seront des oracles que l'on gardera précieusement, que l'on répétera d'un ton inspiré. Il est venu du lointain Massachusetts voir ces nouvelles montagnes, cette nature grandiose et sauvage si étrangère à la Nouvelle-Angleterre, il est dans les salons de Hutchings avec sa crinière blanche et son grand nez, un sourire un peu absent sur ses lèvres fines, entouré de ses disciples et amis qui font barrage, maintiennent les respectueux hommages à distance. Il a près de soixante-dix ans et c'est le grand homme américain, le premier philosophe grandi sur cette terre encore trop neuve et trop concrète, le premier à bâtir un système philosophique autochtone mêlant puritanisme et romantisme, baptisé du beau nom mystérieux de transcendantalisme, et qui donne des leçons d'être et de vie pour ces temps nouveaux. La nature est bonne, l'homme est bon, mais les institutions le corrompent et la détruisent, la seule vie bonne est de bâtir une communauté d'individus autonomes, concept un peu paradoxal quand même, mais qui correspond bien au fantasme pionnier. Mince, élégant, un peu raide, il répond aux hommages de quelques signes de tête et d'un sourire distrait, cela ne vexe personne, car on l'imagine perdu dans de hautes pensées.

Muir est là, il s'est précipité en apprenant la nouvelle, il a lu ses *Essays* dans sa cabane de planches, il l'admire sans oser l'aborder. Mais il a l'audace catastrophique des timides, il a préparé un petit mot à l'avance, il bouscule tout le monde, le lui fourre dans la main, et s'enfuit.

« El Capitan, le gros rocher, vous demande de rester plus longtemps. Venez camper avec moi, je vous ferai un grand feu et les gros troncs des séquoias seront éclairés de façon impressionnante. » Emerson, rêveur, papier à la main, murmure : « Oui… oui… nous allons camper… camper… »

Et avec toute sa cour, il vient voir Muir qui travaille dans la scierie, il grimpe en vacillant la petite échelle de planches, et lui reproche gentiment de ne pas avoir osé l'aborder à l'hôtel. Muir réitère son offre d'aller camper, le vieil homme en a l'air ravi, mais son entourage veille.

« Monsieur Emerson risque de prendre froid…

– Allons ! Personne ne tousse dans les bois ! Et je ferai un grand feu qui changera le climat. » Il insiste, on décline, Emerson n'a – semble-t-il – rien à dire, on s'occupe de tout pour lui. Muir peste. Mais quelle est cette peur de l'air pur de la nuit ? Ce n'est que de l'air du jour, avec un peu de rosée… « Vous êtes un séquoia, monsieur Emerson. Venez, et faites connaissance avec vos grands frères. »

Rien n'y fait. Et voilà qu'ils repartent, ils préfèrent pour la nuit l'air confiné des hôtels et la rassurante poussière des tapis. Triste vision de la culture ! Voilà un grand homme, qui mériterait le grand air et les grands arbres, il y est presque, et ses amis prévenants et tristement civilisés l'emportent, des gens pleins d'audace intellectuelle, mais d'un conformisme décevant dans leur vie réelle. Au moment du départ, Emerson s'arrête une dernière fois, se retourne, il regarde tristement Muir, il soulève lentement son chapeau pour le saluer, et s'en va.

Ils correspondront. Ils échangeront de part et d'autre du continent, entre l'Amérique civilisée de la Nouvelle-

Angleterre, et la Grande Sauvagerie où Muir se réjouit de vivre, ce qu'Emerson ne comprend pas, pas à ce point, pas tout le temps. « La solitude est une maîtresse sublime, mais une femme intolérable, écrit-il. Venez sur la côte est, là où sont les universités et les bibliothèques. Vous rencontrerez Agassiz, qui revient de la Terre de Feu. » Mais Muir ne se sent pas du tout isolé, il ne voit pas la solitude. Je me demande même si le mot signifie pour lui quelque chose. Il est là, il est dans le monde, donc jamais seul.

« Emerson me croit à la dérive, écrit-il à Jeanne Carr. Il voudrait que j'aille dans l'Est, mais il me reste encore beaucoup de forêts dans lesquelles errer. » Alors il va dormir à la belle étoile, il rassemble un nid de fougères auprès d'un ruisseau et fait un grand feu. Heureusement, ni les arbres, ni les oiseaux, ni les étoiles ne sont repartis à Boston. Emerson mourra une douzaine d'années plus tard, pour avoir été surpris par une averse alors qu'il se promenait. L'entourage envahissant n'avait pas tout à fait tort, la constitution des deux hommes était bien différente.

Muir aurait bien aimé rencontrer Agassiz, quand même. Ce Suisse de Fribourg est depuis vingt ans une célébrité américaine, le premier scientifique de grande renommée établi sur le continent. Mais surtout, il a inventé la notion d'âge glaciaire. Intrigué par les moraines, les traces d'érosion glaciaire, les blocs erratiques que l'on trouve posés n'importe où en Suisse, il campe avec un théodolite sous un gros rocher devant le glacier de l'Unteraar pour en mesurer le déplacement. Il s'intéresse aux graviers en vrac, à ces dépôts non triés qui ont été arrachés aux roches et poussés mécaniquement par l'avancée du front de glace. Partout où on les retrouve, là ont été des glaciers. En les reportant sur une carte, il redessine les contours d'une calotte glaciaire qui aurait recouvert les Alpes, une épaisseur de glace maintenant disparue, mais qui recouvrait tout, ne laissant dépasser que les sommets les plus hauts, et dont il ne reste que les glaciers actuels, modestes ruisseaux abandonnés par le retrait de la grande calotte préhistorique. Agassiz démontre ainsi que le monde a été beaucoup plus froid qu'il n'est, et que la Suisse a été un autre Groenland. On imagine qu'une vision si grandiose enchante Muir, avec sa vision épique de la nature. Parce que, quand même, les glaciers ! Ils sont la lente puissance obstinée qui vient à bout des montagnes, qui creusent des lacs, qui poussent des collines devant eux et sculptent le paysage. Le glacier, c'est une étreinte puissante, la force de la pureté qui avance et renverse tout, c'est la souveraineté lente de l'eau gelée, rien que de très simple, mais qui met en forme le monde, c'est le burin de Dieu, et aussi sa truelle.

Muir est un fin lecteur, il a lu tout ce que la science du moment produit, il a lu Agassiz avec soin, et dans la vallée il a trouvé des traces glaciaires évidentes : des stries d'érosion, des moraines, et des dépôts non stratifiés. Il le sent, le passage ancien du glacier. Mais selon le Bureau de Géologie de l'État de Californie, ce n'est pas ça du tout. Le relevé géologique exhaustif de l'État avait été entrepris dès 1860, pour d'évidentes raisons minières. La direction en avait été confiée à James Whitney, par ailleurs professeur à Harvard, ce qui lui donnait la légitimité bostonienne indispensable. Dans le premier volume, *Geology of California*, il évoquait Yosemite, et sur la foi des formes très surprenantes de ces montagnes, falaises abruptes, comme tranchées, fond plat, il en déduisait un mode de formation exceptionnel. « Les dômes ont été formés par des processus de bouleversement, car nous ne pouvons rien découvrir qui puisse ressembler à une érosion ordinaire. Le Half Dome a sans aucun doute été tranché en deux, la moitié perdue ayant sombré dans ce que l'on pourrait qualifier comme “Le naufrage de la matière et l'écrasement des mondes”. »

Et en 1869, dans le *Guide de Yosemite*, il insiste : « Nous pensons que pendant le processus de bouleversement de la Sierra, ou éventuellement quelque temps après, il y eut à Yosemite un effondrement d'une zone limitée, marquée par des lignes de faille, et le fond s'est enfoncé à une profondeur inconnue, son soutien s'étant dérobé lors des mouvements convulsifs dus aux mouvements auquel on doit s'attendre lors du soulèvement d'une chaîne aussi étendue et aussi élevée. »

Pourquoi ce choix d'un mode de formation cataclysmique, assez difficile à argumenter puisque les géologues qui effectuaient les relevés sur place n'ont jamais trouvé aucune faille ? Et que les traces glaciaires sont visibles partout… Pour expliquer celles-ci, Clarence King, l'un des géologues, évoque bien la présence d'un glacier, mais un glacier tardif dont l'épaisseur n'aurait pas dépassé trois cents mètres, et qui par son eau de fonte sous-glaciaire aurait fini le polissage du fond de la Grande Vallée une fois l'effondrement accompli.

Pourquoi donc penser comme ça ? Ce qu'il y a de bien avec les vieilles controverses scientifiques, c'est que le challenger de l'époque, devenu le grand homme d'aujourd'hui, gagne toujours à la fin parce que le tenant du titre s'obstine dans des âneries qui nous paraissent inconsistantes. On en conçoit une certaine satisfaction : le dépositaire de l'autorité est un âne, ridiculisé par le nouveau venu qui pense comme nous, puisque l'Histoire lui a donné raison. Mais en 1860, on ne savait pas grand-chose de la formation des montagnes. On connaissait la sédimentation, l'érosion, on constatait l'existence de plissements, mais on n'en connaissait ni le rythme, ni le temps nécessaire pour les mettre en place, ni les forces qui en étaient à l'origine. Il faudra un siècle encore pour déterminer la durée des temps géologiques, on croyait la Terre plus jeune qu'elle ne l'est, ce qui impliquait que les mécanismes de formation soient rapides. Lyell, dans les années 1830, avait proposé un temps long, mais c'était un temps théorique qui donnait la place aux mécanismes lents, un temps indéfini dont il ne pouvait pas apporter la preuve. Donc, puisque le temps terrestre est court, va pour un effondrement catastrophique. Ça, on l'imaginait bien, Cuvier l'avait théorisé au début du siècle, décrivant une suite de créations, chacune effacée d'un cataclysme pour laisser place à la suivante, ce qui permettait d'expliquer l'existence de fossiles d'animaux disparus, chacun correspondant à une ère effacée par un cataclysme ; et si on regarde le Half Dome, il semble en effet tranché net, et le fond de la vallée est bien horizontal comme un plancher descendu d'un étage, et les bords très raides semblent les limites d'un effondrement, tout colle. Et où est passé, ce qui est tombé ? Et bien… en dessous. Où sont les failles ? On les trouvera. Les formes spectaculaires nécessitant des événements spectaculaires pour se former, on imaginait la catastrophe comme un tableau de John Martin, un cataclysme plein de fureur, « Le naufrage de la matière et l'écrasement des mondes », comme le vers de la tragédie de Joseph Addison, et là, entre le peintre et l'homme de lettres, c'est l'esthétique qui vient au secours des sciences : une théorie scientifique est adoptée quand elle paraît vraisemblable, imaginable, belle, et pour cela la poésie aide.

Alors pourquoi Muir se mêle-t-il d'engager une controverse avec le très officiel Bureau de géologie ? Et pourquoi voit-il les choses autrement ? Il y a la multitude des traces glaciaires qu'il a relevées dans ses balades, bien sûr. Mais surtout, dans sa cabane, il a lu Agassiz et Lyell, l'un prouvant l'existence de calottes géantes qui surmontent les montagnes et les sculptent, l'autre théorisant l'explication « des changements à la surface de la Terre par des causes opérant actuellement ». Et puis le choix esthétique aussi, la persuasion intime qui, pour être subjective a toute son importance dans l'invention de modèles scientifiques. Dans un roman de Thérèse Yelverton, *A Tale of the Yo-Semite* (1872), Muir apparaît sous le pseudonyme abracadabrant, mais transparent, de Kenmu Mir. Il dit : « Mais bon sang ! (*Bonté gracieuse*, devrais-je dire, mais ce serait une traduction trop proche d'*Astérix chez les Bretons*). Il n'y a jamais eu de naufrage de la Création ! Comme si le Seigneur ne savait pas naviguer ! Je veux montrer que la vallée se creuse depuis des millions d'années, car un jour et une éternité ne sont qu'un dans Son puissant atelier. Yosemite est le produit de causes encore en suspens. »

En sciences, la persuasion intime, pour injustifiable qu'elle soit, est une cause efficiente, elle fait naître des programmes de recherche. Mais l'ampleur des formations géologiques est telle qu'il n'est pas facile de trouver des preuves, c'est grand, c'est vaste, il faut chercher de petites choses dans une immense meule de foin. Whitney, méprisant, qualifie l'hypothèse glaciaire de « théorie de berger, basée sur l'ignorance du sujet. Il n'y a pas de preuve que le glacier occupait la vallée, le problème est donc réglé, pas besoin d'y perdre du temps ».

On aura remarqué que Muir est un garçon indépendant et méthodique ; il adore les grandes mécaniques qui fonctionnent, il est timide, mais croit en la puissance de son obstination. Il va s'occuper de démontrer la présence d'un glacier géant qui serait à l'origine du creusement de Yosemite. Pour cela, il va explorer systématiquement la vallée, canyon par canyon, en faire le relevé exact, noter toutes les traces glaciaires et tous les clivages visibles dans les roches. Il parcourt la montagne, il dessine, il en est possédé et n'en dort plus. Même dans ses rêves, il lit des pages floues d'écriture glaciaire, il rêve de se promener et de trouver des preuves sur une paroi, plus haut, toujours plus haut, fuyantes, inaccessibles, et il se réveille. Il veut déchiffrer la grande machine qui a creusé la merveille, et pour cela il a deux outils : se promener et dessiner, heureusement il y excelle. Temps béni où un brillant amateur pouvait faire œuvre de science en utilisant des outils aussi simples ! On peut le soupçonner d'avoir trouvé là un prétexte pour faire encore plus ce qu'il faisait déjà avant : vagabonder en dessinant, avec désormais le but mystique de déchiffrer la Création. « L'observation patiente et la rumination constante au-dessus des rochers sont les moyens de saisir les vérités desquelles ils sont gravés. Je me procurerai des vêtements gris et durs, couleur de granite, afin que personne ne puisse me voir, et je reproduirai les anciennes rivières de glace, je les surveillerai, habiterai avec elle. »

On a rarement vu un scientifique investi aussi intimement dans son travail. Il ne fait plus que ça. Il se fâche avec Hutchings, qui prend ombrage sans doute de la renommée montante de cet homme qui lui vole la vedette de spécialiste de Yosemite, il quitte la scierie, se réfugie dans sa cabane, mais s'inquiète de ses moyens de subsistance. En décembre 1871, il publie « Les Glaciers de Yosemite », son premier article dans le *New York Tribune*, qui le lui paye 200 $, ce qui l'arrange bien. On notera qu'il dit avoir construit sa cabane pour trois ou quatre dollars, ce qui donne une idée de l'importance de la somme.

Il veut montrer que la vallée est le résultat de l'équilibre entre la force du glacier et la structure du granite. Une maquette en plâtre rendrait tout évident, il y pense, ne la construit jamais, et il découvre enfin un glacier vivant. C'est au cours d'une promenade, une de ses innombrables promenades dans la montagne, et comme il regarde tout avec attention il remarque dans un ruisseau une boue qu'il ne connaît pas. Entièrement minérale, quartz et feldspath mêlés, fine comme de la farine… une boue glaciaire ! Le résultat de l'abrasion mécanique des roches par le passage d'un glacier… Le ruisseau vient d'une moraine, qu'il escalade. Elle est brute, instable, sans colonisation végétale, comme si elle venait de se déposer. Du sommet, il voit un banc de neige, pas très grand, cinq cents mètres sur cinq cents, une neige sale souillée d'argile et de sable. Mais les saletés font des lignes parallèles, courbes, de même forme que la moraine. De la glace ! Elle coule ! C'est un glacier vivant ! Il s'y aventure, par une fissure il en voit les profondeurs d'un vert clair translucide. Mais alors… tous ces bancs de neige dans des canyons étroits qu'il avait déjà remarqués lors de ses escalades, ce doit être aussi des glaciers vivants, engagés dans la montagne comme des scies sans fin ! Ce doit être les vestiges du grand glacier qui a creusé la vallée !

Il plante des piquets, les aligne soigneusement, et mesure leurs déplacements ; il revient régulièrement, ça bouge, la glace coule ! Quelques millimètres par jour. Il publie ses observations dans une série d'articles, « *Living glaciers of California* », dans *Overland Monthly* d'abord, puis dans le *Journal of Science and Arts*. Il écrit avec humour et vivacité, on le lit pour la science et pour le plaisir, il devient très connu. Il est le Promeneur solitaire de Yosemite, mais capable de travaux scientifiques, d'érudition et de poésie, il a de nombreux lecteurs, mais se fait connaître aussi du monde scientifique, artistique et littéraire. « N'êtes-vous pas John

Muir ? » lui demande-t-on en le croisant dans la forêt, comme je le racontais au début.

L'action des glaciers est démontrée, l'affaire est close, Yosemite est une vallée glaciaire ; mais ce n'est pas pour autant que les tremblements de terre n'existent pas. En mars 1872, le sol bougea, il en fit le récit dans le *New York Tribune*. « Cela a été la tempête la plus sublime que j'ai jamais vécue ! C'était un plaisir que de trottiner, et d'être pétrifié au pied de la montagne notre mère. »

Aux premiers frissons il sort de sa cabane, ravi, effrayé, criant : « Un noble tremblement de terre ! » Les chocs sont si violents qu'il avance comme sur le pont d'un bateau, il imagine que les falaises vont s'écrouler, il se réfugie dans un pin pour échapper à l'avalanche. Il voit Eagle Rock céder, tomber dans la vallée avec un rugissement énorme, en une courbe illuminée d'étincelles par les frottements des blocs arrachés à la montagne, comme un arc-en-ciel dans une tempête de roches. Le voilà, le tableau de John Martin, *The Great Day of His Wrath*, un cataclysme grandiose comme les aime Muir, avec une touche loufoque, lui accroché dans son pin qui oscille au rythme des secousses, la barbe au vent, ravi. Mais ce n'est pas la vallée qui s'effondre, il voit simplement de ses yeux se former un éboulis de montagne. Dès que le sol s'immobilise, il se précipite pour le voir de près, guettant les grincements et les gémissements des rochers tombés qui lentement s'ajustent, progressivement se mettent en place, pour ne plus bouger dans les siècles qui suivront.

Il était si curieux qu'il n'a ressenti aucune peur, et il stupéfia ses amis par l'enthousiasme de ses descriptions. « Le tremblement de terre m'a rendu riche. J'ai vu les rochers vivre, bouger, parler. » Pour lui, la Création n'est jamais muette, et lui n'y est jamais sourd.

9

L'IMPOSSIBLE ASCENSION DU MONT SHASTA

Et les filles, alors ? Voire les femmes, c'est quand même ainsi qu'il faut dire à l'âge qu'il a, en route pour la quarantaine. Jusque-là, on ne lui en connaît pas. Il a une mère et des sœurs dont il lui a été douloureux de se séparer, mais il ne dit rien de ce qu'elles étaient pour lui auparavant. Et puis des amies, avec qui il correspond, Mme Carr, destinataire de tant de lettres et qu'il considère comme sa mentore, Emilie Pelton, elle aussi rencontrée dans le Wisconsin, à qui il avoue par écrit son immense timidité, et confie qu'il n'oubliera jamais les *mots gentils* qu'elle a eus à son égard, car de tels mots plantés dans le cœur d'un Écossais vivent à tout jamais ; mais de ces mots on ne saura rien, l'Écossais est fidèle, mais pudique. Mais l'amour, sinon ? On ne sait pas. Peut-être ; peut-être rien. Sûrement rien, parce que sinon ce graphomane aurait laissé des lettres, ce bavard aurait fait des confidences. Ou alors ce domaine est chez lui parfaitement verrouillé, ce qui n'est pas impossible chez un presbytérien écossais né en 1838. On ne sait rien de la vie amoureuse de cet homme que la beauté mettait dans un état de transe, et si enclin à la poésie. Mais il va se marier. Patience.

Il faut que je trouve la voie pour bien le raconter. Mais comment tracer son chemin dans la forêt d'une vie ? Comment ne pas s'égarer, tourner en rond, ne rien voir ? C'est un travail de forestier : trouver les beaux troncs, élaguer les broussailles, construire une futaie monumentale par élimination des buissons. Construire une forêt harmonieuse qui ne sera pas naturelle, mais œuvre de l'homme ; elle ne sera pas exactement ce qu'elle était à l'origine, mais on pourra s'y promener, et admirer les géants.

Ainsi vais-je dans la vie de John Muir, ainsi tâché-je de me diriger dans les épisodes multiples de sa vie agitée. Je dois repérer ce qui compte, ce qui compte moins, ce qui m'enthousiasme et ce qui m'indiffère, ce que je crois passionnant pour tous, qui que nous soyons, et ce qui ne concerne que lui.

Et donc, en me créant un chemin au sabre d'abattis dans l'épaisse broussaille de sa vie, je me demandais comment il avait trouvé à se marier. Non pas qu'il manquât de charmes, au contraire, mais du fait de ce qu'il est (timide et sauvage), du fait du monde dans lequel il vit (peu mixte et un peu coincé), du fait de la vie qu'il mène (par monts et par vaux, et ce n'est pas une image), pourtant il se maria quand même ; mais il y aura des détours. Patience.

À la fin de 1873, il s'installe à Oakland pour passer l'hiver, et puis il doit écrire ses « Études sur la Sierra », parce qu'il y croit, et parce qu'on le paye pour ça. Il envisage de s'installer chez ses amis les Carr, mais ceux-ci sont en deuil de l'un de leurs enfants, et il est accueilli chez les McChesney. Lui est surintendant des écoles d'Oakland, naturaliste aussi, ils se sont connus après la publication de l'article sur les glaciers. Muir a beau avoir passé quelques années de vagabondages, il connaît beaucoup de monde, et il entretient ces relations par un courrier torrentiel. Les McChesney ont une petite fille adorable, Alice, « le plus doux flocon d'enfance que j'ai jamais vu », dont il sera l'ami admiratif et bienveillant. John aime l'enfance, et aussi les enfants, ce qui ne va pas toujours ensemble, il sera pour eux un animateur attentif, un raconteur d'histoires, un ami ; son enfance rude, trop rude, lui donne une extrême douceur vis-à-vis des enfants qu'il rencontre.

Mais il n'aime pas Oakland, il n'aime aucune ville, ces dix mois qu'il y passe lui sont un exil. Il aime ses amis, mais il n'aime pas les foules, il est effrayé du matérialisme général, ce moteur maléfique de la conquête de l'Ouest qui ne considère la Nature que du point de vue de son utilisation commerciale. Lui qui ne vit que pour l'esprit et les beautés naturelles, il prend en horreur le pragmatisme dévastateur de l'entrepreneur américain qui bâtit sa fortune, son seul but, sur d'affreux dégâts, détruisant la Création avant même d'en voir la beauté, sans même penser à la contempler. Il se sent enfermé dans sa chambre pendant que passent sous ses fenêtres les foules vêtues de noir, cliquetantes d'argent, tourmentées de pensées étroites et avides, il se sent comme un prophète hébreu retenu prisonnier dans Babylone.

Bon, il écrit. Mais il n'aime pas écrire non plus. Noter ses enthousiasmes dans des carnets qu'il accumule, ça va, mais la création de livres lui fait peur, cela exige trop d'artifices. Devant la Nature, il se sent comme un cristal traversé de lumière, conscient du caractère inépuisable de la source solaire qui l'illumine, il ne se soucie pas de la saisir. Et même s'il lui vient quelques pauvres idées, il n'a pas assez de mots pour les mettre en forme, il en est réduit à tâtonner dans les greniers du dictionnaire pour en retrouver quelques-uns, vieillis de tant d'usage, qui pourraient plus ou moins faire l'affaire, mais jamais exactement. La plupart des mots de la langue anglaise sont faits de boue, et ceux inventés pour contenir une matière spirituelle sont fragiles, mal ancrés ils s'envolent comme des guenilles au moindre coup de vent. S'il écrit : *le vent fait rage et les eaux rugissent*, oui, cela évoque quelque chose, mais après ? Comment dire ce qu'il a senti dans la tempête, devant le torrent furieux ? Comment le faire sentir tel que cela a été ressenti ?

Et puis écrire se fait seul, assis en silence devant une feuille, devant un mur qui ne répond pas. Il aime la conversation, les auditoires enthousiastes, les controverses et les traits d'esprit. À Oakland, il se fait une réputation d'ardent polémiste sur des sujets qui sont toujours les mêmes : la Nature, l'Homme, la Beauté. On l'invite pour ça, on le lance et on l'écoute :

« Monsieur Muir, dites-nous… la Nature a-t-elle été créée spécialement pour l'Homme ?

– Eh bien certainement pas ! »

Et c'est parti, on ne l'arrête plus. À sa table d'écriture, il écrit beaucoup de lettres, car les lettres sont déjà une amorce de conversation. Mais un article ! Et pire : un livre ! C'est un corps mort qu'il lui faut traîner en suant et soufflant pendant des mois. Il bouillonne sur sa chaise. Il s'efforce quand même d'écrire, on attend de lui qu'il le fasse, cela lui donne de quoi vivre.

Il publie sept études sur la Sierra dans *Overland Monthly*, une revue culturelle, littéraire et érudite de San Francisco, dont le sous-titre explicite bien le projet : *For the Development of the country*. Revue qui publie aussi Mark Twain et Ambrose Bierce, et paie correctement ses auteurs ; il gagne sa vie. En septembre, avec son salaire, il achète un cheval et file à Yosemite. Il respire. Plus il s'en approche, plus il reconnaît des détails qui l'enchantent, tel arbre, tel rocher, telle vision des sommets enneigés sur le ciel pur, il revient chez lui.

Il prend son temps, il contemple ; au bord d'une piste, il passe toute une journée accroupi à résoudre un mystérieux problème : trois sortes de traces forment une délicate broderie sur les ornières de sable creusées par les lourds charrois de blé. Il cherche, il fait des tests, et finit par trouver l'identité des brodeuses : une sauterelle et un lézard d'abord, et puis après qu'un faucon ait fondu sur une proie, se soit envolé avec elle et l'ait maladroitement relâchée à côté de lui, il identifie la troisième, une souris. Ce ne sont que des trottinements sur le sable, mais il en écrit une lettre de plusieurs pages dans laquelle il décrit par le menu cette recherche et sa résolution, tout ici est bien dans son style, l'attention aiguë aux petites choses, l'esprit de méthode, le récit minutieux et vivant. Est-ce de l'anecdote ? Un peu plus ; est-ce de la science ? Un peu moins ; c'est Muir l'inimitable. Il est de retour dans la montagne, poète, attentif, d'une précision maniaque et d'une loufoquerie toujours prête à jaillir.

« Tout se meut dans la musique ! » s'exclame-t-il, et la danse de tous les êtres s'écrit sur le sol, en caractères lisibles pour celui qui prend le temps de s'accroupir et de les déchiffrer. Il continue, il arrive à Coulterville, la ville de mineurs où il était déjà passé lors de sa première promenade dans la sierra, il rencontre des montagnards généreux et poilus, dont on imagine qu'ils portent de longues barbes, des chemises à carreaux et des bretelles, mais là tout a changé, on le prend au sérieux, ils sont heureux de le voir : ils ont lu ses articles dans *Overland Monthly*, il est connu et discuté dans les endroits les plus improbables. On le félicite, on lui demande où il va ; il répond gentiment, et il file.

Enfin il est dans les bois. Au pas lent de son cheval, il monte dans la forêt de pins à sucre, les géants qui ont une résine plus douce que le sirop d'érable. Comme des prêtres vêtus de noir, ils étendent leurs bras au-dessus de lui pour bénir son retour, le soir il s'endort sur un lit d'aiguilles, dans le parfum enveloppant de la résine. Le chant des grillons ne fait qu'approfondir le silence.

À l'aube, dans les bois encore sombres, une masse sonore saccadée s'écoule parmi les pins, ondule entre les troncs, cela respire et geint, c'est le chant de la mort. Des feux rougeoient à travers la forêt, c'est une cérémonie funéraire, des Indiens se rassemblent pour pleurer l'un d'eux. Muir se remet en route, s'éloigne, les notes peu à peu se perdent, il croise des ombres qui se glissent entre les arbres, qui ne font pas attention à lui, ils vont rejoindre la longue mélopée de la mort qui stagne sur la forêt comme des écharpes de brouillard.

Le ciel s'éclaircit, le jour vient, la lumière envahit la grande forêt. Il avance tête en l'air, il regarde les cimes qui doucement se balancent. « Les arbres !… des kilomètres d'Écriture sainte sur le ciel… ma Bible qui sera un jour lue ! » Mille bras vivants s'agitent pour l'accueillir. Ici, personne ne peut haïr, car on ne peut rien concevoir comme ennemi. Et on ne peut avoir non plus un amour distinct pour chacun de ses amis, l'Amour englobe tout. Où sont donc les prétendues terrifiantes ténèbres de la montagne ?

« Je ne me soucie de vivre que pour inciter les gens à regarder la beauté de la Nature. » Il regarde, regarde. Il galope sur le fond plat des canyons, sur le chemin des anciens courants de glace, là où les glaciers brutaux ont poussé le plus violemment les rochers, et c'est là que la beauté forestière est la plus éclatante.

« Je suis seul
je suis dans une extase calme et incurable
je suis définitivement alpiniste. »

Il écrit avec une plume d'aigle ramassée dans la sierra, qu'il taille à un bout et qui est toute rongée à l'autre, quand l'écriture bute sur l'impuissance du langage, quand il hésite. San Francisco s'agrandit à toute vitesse, cela l'inquiète. La Californie devient une zone d'exploitation agricole et minière, des scieries s'installent pour débiter les grands pins en petites planches. « *The world needs the woods* », écrit-il – « le monde a besoin des bois » –, et plus que la conviction sentimentale d'un homme qui se sent chez lui dès qu'il est sous les arbres, c'est une position morale, et économique ; écologique au sens large, si le terme n'était si anachronique. Sa pensée se précise peu à peu au fil des articles qu'il écrit avec sa plume d'aigle, et c'est le service le plus patriotique qu'a jamais rendu l'aigle américain, ce bandit qui le passionnait dans son livre de lecture en Écosse, qui lui offrit sa première rêverie d'Amérique.

La Californie, dès le début, c'est l'Amérique de l'Amérique, le Nouveau Monde tout au bout du Nouveau Monde, là où tous les possibles se réalisent : on y a enfin trouvé de l'or, il y pousse des oranges et les arbres y sont géants. Au XXe siècle, on y tournera des films qui mettront en forme notre imaginaire, au XXIe siècle, on y construira des machines qui pensent, le pays à qui l'on a donné le nom d'une sorcière de roman de chevalerie est la terre merveilleuse où les rêves sont réalisés. Alors bien sûr, au pied des séquoias qui sont plus gros qu'aucun autre arbre dans le monde, on croit voir la fortune sur pied, c'est un rêve de bûcheron, on se précipite pour les abattre. Mais ces géants sont fragiles, quand ils tombent, ils cassent ; et comme les tronçons sont encore trop gros pour que l'on puisse les déplacer, on les débite à la dynamite. Le bois que l'on récupère, de piètre qualité, mais peu coûteux, rapporte suffisamment : c'est une richesse gratuite, il suffit de se servir dans les grandes forêts que personne n'a encore jamais défrichées, elles sont si vastes.

Muir est consterné de voir les forces de destruction se propager dans la Sierra. Les scieries s'établissent autour des forêts, et le seigneur séquoia, gloire des jardins de la Nature, est débité en planchettes pour construire des cabanes. Leur destin est celui des Indiens, princes superbes qui vivaient libres dans la montagne et qui finissent alcooliques et mendiants. Le monde a besoin des forêts.

Il lit. De la poésie, des sciences, de la philosophie. Il critique violemment Ruskin qui est alors le grand penseur de la beauté : avec lui il n'est d'accord en rien. Ruskin est génial, mais ce n'est pas un grand homme, son manque de foi en la Nature le révulse. Selon Ruskin, elle est l'œuvre conjointe de Dieu et du Diable, bien et mal y sont mêlés, et il ne faut pas y rester trop longtemps pour ne pas en épuiser les beautés. Épuiser… mais c'est lui qui est épuisé, cet écrivain de bureau qui pèse timidement le pour et le contre sans oser y aller, qui accumule les absurdités avec tellement de talent littéraire que l'on pourrait les croire vraies ; comme si l'on pouvait épuiser quoi que ce soit de la Nature ! Comme s'il y avait la moindre trace de mal dans la Nature ! Les vents terribles qui tourbillonnent dans les vallées, les orages qui s'abattent brusquement sur les sommets, toute cette puissance ne doit rien à la colère ni à l'enfer, c'est toujours de l'Amour divin, exprimé avec toute la démesure de Sa puissance. Toutes les manifestations de la Nature sont bonnes : « Avoir peur, ce n'est qu'un manque de foi ; une tempête, ce n'est qu'une violente effusion d'Amour. » Et on l'imagine dans les bois pendant l'orage, accroché à un tronc de pin pour n'être pas emporté, dégoulinant d'eau glacée, poissé de résine, la barbe trempée collant à sa poitrine, hilare, et déclarer, la voix étouffée par le tonnerre et le vacarme de la pluie, entre extase spirituelle et *understatement* : « Nous ne soupçonnons pas la grande capacité de connaissance de notre chair. » Face à la philosophie bien pensée à l'abri d'un bureau, il met sa chair en jeu pour mieux connaître.

L'hiver, il retourne à Oakland où il devient une célébrité, voire une attraction. Sa conversation est brillante, on l'invite, on se l'arrache, on le paye pour donner des conférences, pour participer à des conventions, il suffit de dire « Muir sera là… » pour attirer du monde. Même si un croûton de pain près d'un ruisseau dans la montagne est le mieux qu'il puisse souhaiter, dit-il, il ne néglige pas un bon lit pour reposer ses jambes fatiguées, et beaucoup de nourriture. Un ami français qui l'invite à dîner est stupéfait de voir un Écossais tempéré faire honneur comme il le fait aux plats français, qui sont à l'époque les plus somptueux et les plus abondants que l'on puisse servir.

« Avec votre barbe et votre silhouette noueuse, je vous imaginais plus… ascétique…

– J'ai faim, dit-il en riant, la bouche pleine. J'ai faim depuis que je meurs de faim dans les canyons de montagne.

– Vraiment ?

– Quand je suis monté sur le mont Diablo, pendant quatre jours je n'ai eu presque rien, sinon de l'eau cristalline, de l'air pur, et le miel des fleurs de fuchsia.

– Vous vous nourrissiez de fleurs ?

– Oui… pendant ces quatre jours, j'ai mangé le dixième de ce qu'il aurait fallu à un colibri. Et pourtant je ne souffrais pas, seulement un peu de faiblesse, mais pas de vertige, et cela ne m'empêchait pas de voir et de sentir. Mais depuis que je vis ce genre d'aventures, j'ai faim, tout le temps faim, j'aurais peut-être faim toute ma vie, jusqu'au bout, et même encore au-delà, allez savoir… Il reste un peu de ce… comment vous appelez ça ?… Foie gras ? C'est délicieux… »

Et le mariage, alors ? Mais patience ! Avec la vie qu'il mène, ça ne va pas se faire comme ça. Ses amis d'Oakland envisagent eux aussi de le marier, et Mme Carr, à qui il rend compte lettre après lettre de ses aventures, veut lui présenter Louisa Strenzel, qu'elle trouve bien adaptée à son excentrique ami. En avril 1875, cela manque de se faire, mais plutôt que de rencontrer une jeune femme, il part faire l'ascension du mont Shasta.

Et quelle ascension ! Il l'avait déjà faite l'année précédente, il s'était dit qu'à la fin de l'été, on peut atteindre le sommet sans traverser trop de neige, mais il avait traîné. Il profitait d'octobre, observait les écureuils, les écloseries de saumon, les formations géologiques, tout en s'approchant tranquillement du mont Shasta. Il se voit de loin, les Indiens en font un lieu sacré tellement il paraît monter directement dans le ciel, il tente aussitôt tout amateur de montagne qui l'aperçoit. C'est un volcan, il en a la forme triangulaire, il surplombe de 3 000 mètres les plateaux environnants, mais il culmine à 4 317 mètres.

Quand il arrive enfin au pied, c'est le 1er novembre, on se moque de lui.

« Vous allez où ?

– À Shasta.

– Shasta City ?

– Non, au mont Shasta.

– Hé, mec ! Tu veux aller au mont Shasta maintenant ? Trop tard ! Il y a trois mètres de neige ! Tu vas mourir de froid.

– J'aime la neige, le givre et la glace, j'aime me vautrer dedans.

– Ça oui, tu peux le chanter tant que tu veux tant que tu es en bas… mais tu ne peux pas y aller maintenant. »

Mais il aime la montagne et la neige, il est obstiné, il y va. Il loue les services de Jerome Fay qui est chasseur, guide, et accompagne les premiers touristes qui souhaitent accéder aux montagnes. Avec des chevaux chargés de matériel et de vivres, ils montent dans la forêt. Il y a très vite de la neige, un mètre de poudreuse entre les arbres dans laquelle ils s'enfoncent. C'est très beau.

À la limite de la forêt, juste avant qu'elle ne laisse place aux prairies d'altitude, ils installent un campement, un feu. Fay le laisse là, Muir s'enroule dans une couverture et s'endort. Vers minuit, il se lève, il prend deux jours de provisions qu'il accroche à sa ceinture et commence l'ascension. Il sort de la forêt, il n'y a plus d'arbres maintenant, sous le ciel étoilé ce ne sont plus que de grands champs de neige lumineux et intacts, qu'il gravit lentement dans le silence absolu de la nuit. Il s'enfonce jusqu'aux genoux, et parfois jusqu'aux aisselles, la neige gelée est sèche, fine comme de la farine, la respiration est difficile tant il fait froid, il monte. Il marche parfois à quatre pattes, trébuche sur les arêtes de lave enfouies sous la neige, mais l'air revigorant et la sublime beauté des étendues de neige électrisent la moindre fibre de son corps, il monte. À dix heures et demie, il est au sommet.

Pendant deux heures, il admire le paysage qui s'étend tout autour de lui, précis comme une carte. « Comme j'avais laissé ma veste au camp, je ne tardai pas à sentir le froid. » Laissé sa veste ? Mais alors en quelle tenue est-il monté à quatre mille mètres, en novembre, dans la neige ? En chemise ? Il commence à descendre, et le vent se lève, des nuages se cognent au sommet comme des icebergs sur la côte, ils lui cachent le soleil et le refroidissent aussitôt comme s'il recevait des seaux d'eau froide, la neige n'allait pas tarder. Il descend, il glisse dans la poudreuse, il arrive au campement dans la forêt juste avant la nuit. Il s'installe à l'abri d'un gros rocher de lave, il s'enroule dans des couvertures et s'endort.

Quand il se réveille, un ciel d'orage recouvre tout, des nuages lourds à différents points de maturité, de toutes les nuances de gris depuis le gris perle jusqu'au plomb foncé, une vision de catastrophe. Il ramasse tout le bois qu'il peut, l'entasse autour de son lit, fixe ses couvertures par des pieux, il allume un feu et la tempête commence. La neige obscurcit l'air, le vent hurle par rafales puissantes, mais son feu brûle, il se sent bien. Durant les accalmies, il écrit sur son carnet, il observe les flocons à la loupe, il les trouve très beaux. Parfois un écureuil s'approche, le regarde avec curiosité, et disparaît. Il reste comme ça une semaine, le temps de la tempête. En bas, on le croit perdu. « Or, à ce moment-là, j'étais aussi en sûreté que les gens dans la plaine, blotti comme un écureuil dans un nid moelleux et chaud, à m'occuper de mes affaires, et ne souhaitant qu'une chose : qu'on me laisse tranquille. » Au septième jour, il redescend, on croit sans doute à une résurrection, mais il poursuit ses excursions dans la région, qui offre toute multitude de paysages et d'expériences intéressantes. Une semaine dans une tempête de neige à quatre mille mètres roulé dans une couverture ? Et alors ?

Au printemps suivant, alors qu'il devait enfin rencontrer Mlle Strenzel, il y retourne. On lui a demandé de guider un groupe de géomètres qui souhaitent faire des relevés précis du sommet. Le 30 avril, avec Jerome Fay, ils gravissent la montagne pour effectuer des relevés barométriques. Comme l'année précédente, ils établissent un camp à la limite de la forêt. À deux heures du matin, ils se lèvent, ils réchauffent du café et grillent un morceau de gibier congelé sur la braise, ils partent en laissant les géomètres endormis. Au sommet, ils dominent le bouillonnement d'un océan de cumulus blanc. À une heure de l'après-midi, il fait dix degrés sur l'étendue de neige, un bourdon zigzague autour d'eux, cherchant des fleurs, égaré. En contrebas, les cumulus gonflent, ils tournent au violet puis au gris sombre, ils recouvrent les vallées et les monts. Les deux hommes sont encore sous un ciel bleu éclatant. Brusquement, ils sont engloutis. La neige tombe, elle alterne avec de la grêle, Muir prend le temps d'examiner les grêlons, des pyramides à six faces avec une base arrondie.

La neige s'abat sur eux, il fait soudain très sombre, le thermomètre tombe à moins vingt. Le vent hurle entre les rochers, le tonnerre gronde en continu, les éclairs tombent en rafales. Dans l'obscurité, ils tentent de franchir une arête flanquée d'à-pics et de pentes de glace, en vain, ils passent un champ de fumerolles volcaniques et s'abritent derrière un bloc de lave. Il paraît impossible de regagner le camp, il est impossible de rester là, alors brusquement Fay quitte l'abri du rocher de ponce et repart en titubant contre le vent chargé de neige, comme s'il traversait un gué furieux, il revient sur le champ de fumerolles et se couche dans la boue de neige fondue, qui siffle et crachote des gaz sulfureux et bouillants. Muir le rejoint, ils sont tous les deux allongés dans la boue volcanique, ils ont au moins un côté au chaud. Des jets de gaz bouillonnent, emportés aussitôt par les vents glacés de la tempête, la neige est sèche et abrasive, elle râpe la peau comme un vent de sable. Ils restent là toute la nuit dans la boue brûlante qui leur corrode le dos, entourés de congères qui gèlent, ils se retournent pour calmer les brûlures, se mettent debout pour se refroidir, puis se couchent à nouveau, brûlés et gelés à la fois, craignant l'excès de gaz carbonique, s'efforçant de se parler et de se secouer l'un l'autre pour vérifier qu'aucun ne s'évanouisse et ne meure asphyxié. Ils restent toute la nuit dans l'odeur de soufre, ils entendent en eux la vie vaciller, près de s'éteindre à tout instant, maintenus en éveil par la douleur, leur peau déchirée d'engelures et de cloques. Quand le ciel se dégage, ils voient un ciel étoilé prodigieux.

« Est-ce que tu souffres beaucoup ? demande Fay d'une voix pitoyable.

– Oui », répond Muir, en tâchant de garder un ton ferme.

Le jour vient, le soleil les dégèle, et dans l'air adouci du 1er mai, ils redescendent au camp en clopinant. On dégèle leurs pieds en les enfouissant dans de la neige molle tant c'est douloureux. Ils descendent à cheval, ils retrouvent la forêt, les fleurs, et Muir en chancelant sur sa selle les salue comme de vieux amis. Le lendemain, il se réveille dans une chambre inondée de lumière, et par la fenêtre trône le grand dôme blanc du mont Shasta enveloppé de nuages.

Sauvé du blizzard en mijotant toute une nuit dans des émanations volcaniques corrosives : je n'ai jamais lu d'aventure de montagne aussi folle. Il aurait mieux fait d'aller voir Mlle Strenzel.

Il se lie d'abord d'amitié avec John Strenzel, le père, un Polonais né à Lublin, exilé en Hongrie après les troubles qui agitaient cette province russe, où il étudia l'horticulture, la culture de la vigne et la médecine. En Californie, le Dr Strenzel s'occupe de cultiver des raisins et des fruits, n'utilisant la médecine que pour soigner les blessures de ses ouvriers agricoles. Ce patriarche barbu à l'œil vif et bienveillant avait la passion des arbres, mais fruitiers ; pas tout à fait la même passion que Muir, qui aime les arbres plutôt sauvages, mais ils pouvaient s'entendre. Strenzel essayait tout, il cultivait mille variétés de fleurs, de plantes et d'arbres, cinquante variétés de poires dans sa ferme de Martinez, dans la vallée de l'Alhambra qui donne sur la baie de San Francisco. Il écrivait des articles techniques, donnait des conférences, était membre d'associations de promotion de l'agriculture. Malgré une génération d'écart, ils avaient tout pour se plaire, et il avait une fille ; un fils aussi, mais mort quinze ans auparavant alors qu'il était enfant, dont il porte encore le deuil quand il rencontre John qui a l'âge qu'aurait ce fils ; cela a un rôle, sans doute.

Bien qu'elle ait la trentaine, Louisa est la *jeune fille de la maison*, très attachée à son père, intelligente et vive, ayant fait des études plus poussées que la plupart des jeunes filles de l'époque, elle est passionnée de fleurs et de musique, elle joue brillamment du piano. Elle entretient dans la propriété des Strenzel une ambiance de charmante hospitalité ; Mme Carr la trouve parfaite pour son protégé, elle manœuvre pour qu'ils se rencontrent, et elle parvient à ses fins.

L'hiver, Muir écrit ses articles, tout en trouvant qu'il n'est pas très honorable de transformer en vil papier journal l'or de Dieu qu'il contemple pendant l'été. Il n'aime pas les rues, stériles et nues, mesquines, il se demande comment les passants peuvent encore croire à l'amour divin et à l'immortalité de l'âme en pataugeant dans la boue et en passant sous les gouttières. Un géranium sur la fenêtre l'aide un peu ; mais très peu. Tout seul, il s'enlise.

Il va souvent à Martinez.

En 1878, le Bureau de Géodésie l'invite à participer à la reconnaissance du 39e parallèle, à travers le Nevada et l'Utah. Il accepte avec joie, traverse la Sierra Nevada et pénètre dans le désert.

Il n'a jamais rien vu de tel. Comme il fait chaud ! Le paysage est un éblouissement silencieux, sans ombre, sans arbres, sans eau, ils suivent la piste des premiers émigrants, marquée par des os blanchis et des chariots brisés. C'est étrange comme le soleil peut devenir maléfique, pense cet optimiste accablé de chaleur. Ici, il jette un sort à de pauvres mortels habitués à l'ombre, à la fraîcheur et à la fertilité verte. Mais il n'y a pas de quoi s'en effrayer ou en perdre la raison : sur des pierres blanches, les lézards se délectent de la chaleur, et parfois des fleurs sont posées sur les cactus.

Ils traversent des plaines immenses, lisses et dures, qui reflètent la lumière comme des étendues d'eau. Sur les rochers à nu, il détecte des traces sédimentaires de lacs, de plages et de glaciers. La chaleur est atroce, son nez pèle, il est écaillé et douloureux comme une prune séchée, il n'a jamais tant souffert, il cherche de l'eau, il n'y en a pas. Un de ses compagnons s'écroule sur le sable, ne peut plus que murmurer en râlant, il le remet de force sur son cheval. Ils passent deux jours sans boire, ils ne peuvent plus rien avaler, et la nuit la fièvre les empêche de dormir. Il lui semble que son sang épaissit. « Si je me pique, vais-je saigner ? » se demande-t-il. Ils s'en sortent de justesse.

Du fond de cet enfer, il écrit à M. Strenzel, il écrit à Louisa. Qu'il est long, le chemin qui mène à l'amour ; à moins que ce ne soit celui qui mène à la maison, à la famille, au travail, qui paraisse périlleux. On a l'impression qu'il multiplie les obstacles pour ne pas y parvenir ; mais Muir surmonte tous les obstacles, même ceux qu'il dresse contre lui-même.

Au printemps suivant, il vient de plus en plus souvent à Martinez, il vient voir Louisa, il disparaît dans les vergers avec elle. Ses amis ne savent pas où il est. D'elle on ne connaît que des photos où elle est assise, enveloppée de robes et de châles, le visage rendu granuleux par l'émulsion argentique, car ce sont des photos prises de loin, pas des portraits, mais plutôt *Femme assise en son jardin*. En ces années-là, des femmes on ne voit que leurs mains, quand elles ne sont pas gantées, et le visage nu, encadré de cheveux soigneusement tirés. De Louisa on ne verra rien de plus : ses yeux sombres et veloutés, tendres et un peu tristes, son sourire doux incurvé d'une touche de mélancolie ; quel contraste avec l'œil bleu vif de Muir, son tempérament agité, sa parole irrépressible. On les imagine sous les poiriers en fleur, vêtus de noir tous les deux, debout, conservant toujours une dernière distance, lui la bombardant d'anecdotes, elle riant enfin ; et puis sous les branches ployant de poires, s'effleurant peut-être, mais comment s'embrasser avec cette barbe épaisse et cette capeline à larges bords ? Brusquement il annonce leurs fiançailles, comme « l'aboutissement de son amitié avec Mlle Strenzel ». Personne n'avait rien vu.

Le lendemain, il part en Alaska.

C'est étrange ? Chez lui, tout l'est.

À son retour d'Alaska, Muir se présente à Martinez avec un air penaud, une étincelle inquiète dans le regard, comme s'il avait quelque chose à se faire pardonner, et puis il lance sa bombe : il annonce leur mariage. On est un peu incrédule, on n'avait rien remarqué, et puis c'est le printemps, saison instable des brusques averses et des sentiments qui flambent. Mais très vite, on se réjouit de cette union : ils sont beaux, intelligents, ont le sens de la conversation, ils sont pleins d'humour et de culture. On espère seulement que Mlle Strenzel ne craint pas les discussions qui coupent les cheveux en quatre, parce que lui y excelle, et il est d'une franchise invivable.

Ils se marient enfin, et lui qui aime toutes les manifestations de la Nature avec une préférence pour les plus agitées, il est servi : ce sera sous des torrents de pluie. Mais la pluie n'est rien, le plus difficile a été de convoquer tout son courage pour que sa timidité ne le conduise pas à filer jusqu'au canyon le plus proche pour s'y dissimuler parmi les pins et les écureuils.

Le couple s'installe dans la maison des Strenzel, calme, isolée, drapée de lierre et de roses à travers lesquelles on distingue les eaux bleues du détroit de Carquinez. En contrebas est la ville de Martinez dont ils entendent à peine le brouhaha, masqué par le bourdonnement continu des abeilles.

Si ce nomade eut une maison sur Terre, ce fut là.

10

LA SAUVAGERIE, TOUJOURS PLUS AU NORD

Ses voyages en Alaska, il les a écrits lui-même. Son récit est minutieux, plein d'enthousiasme, il est parfait en son genre, alors les raconter par le menu serait vain, je ne serais pas à la hauteur de son propre récit. Je me contenterai de quelques images, pour essayer de comprendre le bonheur qui a été le sien en ces contrées sévères dont je n'imaginais pas que l'on puisse les aimer à ce point. Mais qu'est-ce qu'il est allé faire là-bas ? Il veut voir des glaciers vivants. Il s'est passionné pour les glaciers anciens qui ont sculpté les paysages de Californie, et maintenant il veut les voir à l'œuvre, les toucher du doigt, et l'Alaska en regorge. En mai 1879, il part, ignorant tout du Grand Nord, sur un vapeur qui va jusqu'en Colombie-Britannique ; après, il verra.

Pour un montagnard, un voyage en mer repose et inspire, il s'en réjouit. Avec les passagers accoudés au bastingage, ils admirent les collines de Californie qui s'éloignent, la grande masse d'eau en mouvement, mais passé le Golden Gate, tout le monde est malade. Lui admire l'écume, les oiseaux, les baleines, un banc de marsouins éclatants de force et de joie. Il se sent empli de sollicitude pour ces braves voisins, ces amis qui vivent simplement leur vie, il se sent fier d'être citoyen du même monde.

De Victoria, il continue par un labyrinthe d'îles boisées, par des chenaux protégés des violences du Pacifique. Ils passent au large de petites villes industrieuses et pleines d'espoir, tout est neuf, la région est américaine depuis une douzaine d'années, rachetée à la Russie qui ne savait pas quoi en faire, à peine peuplée, mais vaste et attirante. Pour les amoureux de la Grande Sauvagerie, l'Alaska est la contrée la plus extraordinaire qui soit. Les paysages sont majestueux, et le navire pas plus gros qu'un canard glisse sur des eaux calmes et bleues, entre des îles couvertes de forêts. C'est un paradis pour les poètes, chaque île mériterait une description, chacune serait une strophe, une sculpture, un bouquet arrangé. Leur beauté est parfaite, et les mots manquent ; mais ils manquent toujours.

Muir remarque les traces d'érosion glaciaire, les rochers polis, les moraines et les fjords, il déduit qu'une calotte était là, elle a fondu, le niveau de la mer est remonté. Les fjords sont des canyons, et les îles sont des collines : il voit ici mille Yosemite engloutis. Son activité scientifique en Alaska se résumera à ça : reconnaître quelques formes, penser que tout est glaciaire finalement, et admirer le paysage.

Le 14 juillet, il arrive à Fort Wrangell, lieu inhospitalier s'il en est, tout y est humide, la forêt a été abattue pour construire des baraques et brûler des bûches dans les poêles. Ce village ne mérite même pas le nom de village, tant c'est n'importe quoi. De nos jours c'est coquet, asphalté, avec un port de plaisance, c'est presque norvégien tellement c'est net, mais à l'époque ce n'est qu'un chaos de huttes et de cabanes construites n'importe comment, posées n'importe où sur un rivage marécageux. Le semblant de rue est si boueux et défoncé qu'elle serait impraticable à une charrette, mais personne n'en possède, il n'y a pas un seul cheval sur toute l'île. Ici, on réceptionne l'or venu des mines de l'intérieur, et on fait commerce de poissons, de fourrures, de baies dont la forêt regorge. Car si on s'éloigne du village calamiteux, la mer et la forêt sont d'une richesse exceptionnelle, elles offrent sans compter saumons et myrtilles. En été, il fait à peine nuit, le jour commence dès minuit, et le soleil doux et constant imprègne progressivement l'air et les eaux, la totalité du paysage baigné de brumes rayonne d'une merveilleuse énergie. C'est doux et puissant ; Muir trouve qu'ici il fait bon vivre. Il n'y a pas d'auberge, il loge chez M. Vanderbildt, un marchand de fourrures et de poissons fumés, séduit par sa passion contagieuse pour les forêts et les glaciers.

Une nuit, alors qu'il pleuvait, un de ces gros orages du Pacifique Nord qui font pousser des arbres géants, des fougères et de la mousse le long des côtes, Muir part à l'aventure. Il veut voir comment les arbres de l'Alaska se comportent pendant les orages, et aussi il veut les écouter sous les vents violents et les trombes d'eau, il veut savoir le son qu'ils font. On peut trouver la motivation étrange, ou poétique. Il va dans la nuit, l'orage rayonne d'allégresse, et lui aussi sans doute, il a une bougie dans la poche et quelques allumettes.

Il trouve de l'amadou sec dans un arbre creux, il ramasse des brindilles, il les refend et les essuie. Dans une clairière, sous l'orage qui chante à travers les arbres – il dit chanter, mais cela devait être hurler –, il construit une petite boîte en écorce, il installe la bougie, les brindilles, l'amadou, il allume et ça flambe. Il alimente son feu de bois mort, il le nourrit abondamment, les flammes sont énormes, elles éclairent une zone considérable, les nuages d'orage au-dessus de lui reflètent de féroces lueurs rouges, les flammes sont plus grandes que lui, c'est le plus beau feu qu'il ait jamais fait, le plus grand sans doute, le plus cosmique, les flammes font quinze mètres de haut, la pluie s'évapore avant de les toucher, il se construit un abri d'écorce, et regarde. Il se joint aux hymnes entonnés par les arbres, c'est un moment de pure jouissance, il est le feu, la nuit, la pluie, il est une créature vivante parmi les météores chaotiques.

Depuis Fort Wrangell, on voyait le ciel s'illuminer, les nuages d'orage s'animer de flammes sombres, comme une tempête dans un lac de lave suspendu en l'air. Les Indiens, inquiets, allèrent réveiller l'inspecteur des douanes, qui, perplexe, assura avoir déjà entendu parler de ce phénomène, un feu de volcan sans doute. *Ignis fatuus*, conclut-il, pour dire quelque chose de définitif, et en latin devant des Aléoutes, ça pose son homme. Ils réveillèrent aussi un missionnaire pour qu'il joigne ses prières à celles des Indiens, et lui conclut à un cas de combustion spontanée, ou un feu de Saint-Elme comme on en trouve au sommet des mâts des navires. Tous étaient dans la crainte superstitieuse et la plus grande confusion, pendant que Muir, les yeux brillants, regardait son feu, le plus grandiose feu de camp qu'il ait jamais allumé, et il admirait ses flammes pour le courage qu'elles avaient à défier la tourmente. Cette nuit, Muir accomplissait son rêve, il devint lui-même phénomène naturel, une aurore boréale flamboyante que tous regardaient de loin, nez en l'air, avec crainte et admiration sans rien y comprendre.

Mais il veut voir des glaciers vivants, alors il repart. C'est un peu obsessionnel, chez lui, les glaciers, mais je le comprends : un glacier, si on s'en approche, c'est très impressionnant. Sa surface est craquelée, salie de graviers et d'argile, mais si on se penche sur les crevasses, elles sont emplies d'une lueur fantomatique d'un bleu vert sous-marin, la matière de la glace ressemble à des profondeurs d'océan figé. Le glacier est comme vivant, mais froid, il est une bête énorme qui défonce la montagne dans sa reptation. Devant lui, la moraine instable, graviers, galets, argile, est poussée en vrac comme par la lame d'un bulldozer, et sur ses flancs la montagne est râpée, les roches compactes sont polies comme des murs de marbre, et quand on les caresse on sent sous la douceur les stries parallèles qu'ont lentement creusées les cailloux coincés sous les milliers de tonnes de glace. C'est une force de la nature, son immobilité n'est qu'apparente, c'est notre agitation de musaraigne qui nous le fait croire immobile.

Avec un groupe de missionnaires, ils louent un petit vapeur. Eux, leur idée est d'aller vérifier que les Indiens Chilkat manquent bien d'éducation spirituelle, et d'y remédier sur-le-champ. Lui veut simplement aller jusqu'au glacier et Vanderbildt les rejoint pour ses affaires. Mais très vite, devant la parole de Dieu inscrite en puissants hiéroglyphes, les missionnaires oublient leur mission et contemplent cette page glorieuse des Écritures gracieusement offerte par la nature : le paysage.

« Ce sont des glaciers ?

– Oui.

– Mais comment la glace dure peut-elle couler ?

– Lentement.

– Qui a créé ces vallées ?

– Les glaciers. Comme des animaux, qui laissent des traces derrière eux.

– Depuis combien de temps cela dure-t-il ?

– Une infinité de siècles. »

Ils arrivent enfin dans la stupéfiante beauté d'un fjord barré en son extrémité d'un colossal mur de glace. Il voit là un temple. Il s'exprime toujours comme ça, d'une façon qui paraît maintenant excessive, et j'essaie de comprendre. Mais comment voir ce qu'il a vu ? D'autant plus que dans son cas, il s'agit tout autant d'une vision que d'une image.

Y aller ? Je ne fais pas de kayak de mer, et rejoindre une excursion sur un bateau touristique risque, je le crains, d'affaiblir la vision, qui dépend tout autant de ce qu'on voit que de comment on le voit. Le *comment-on-le-voit* de John Muir a disparu avec le perfectionnement des transports et des équipements, ou alors nécessite une condition physique que je n'ai pas. Je ne peux qu'imaginer, mais heureusement ma condition imaginative est en pleine forme.

Regarder les photos ? Il faut beaucoup d'art à la photo pour atteindre à la vision.

Finalement c'est la peinture qui permet le mieux d'approcher ce que Muir a pu voir. La subjectivité de la peinture est la meilleure façon de saisir l'élan intérieur qui nous porte vers un paysage. Il existe une école de paysagistes américains, des gens qui représentaient l'espace du Nouveau Monde pendant tout le XIXe siècle, et les derniers d'entre eux peignirent la Californie. Des tableaux montrent Yosemite, la Sierra Nevada, peints au moment où Muir s'y promenait, une loupe permettrait peut-être de distinguer sa silhouette de faune barbu gambadant dans les bois. Dans les tableaux de cette école, l'espace imprégné de lumière est d'un lyrisme emphatique qui prête aujourd'hui à sourire, mais qui est exactement celui de Muir dans ces carnets. On imagine l'effet de ces paysages grandioses sur une âme exaltée. Ces tableaux représentent la Création dévoilée, la Grande Sauvagerie, le goût des tempêtes ; c'est par eux que je peux approcher ce qu'il raconte avoir vu. Quand Muir dit que le fjord est un temple, je regarde un tableau d'Albert Bierstadt, de Thomas Moran ou de William Keith, et je comprends ce qu'il veut dire.

Avec deux missionnaires curieux, dont Young qui l'accompagna courageusement dans tout son voyage – courageusement, car suivre cet homme de fer faillit lui coûter la vie plus d'une fois –, ils s'approchent du glacier dans un canoë manœuvré par les matelots indiens du petit vapeur. Ils avancent, ils avancent, et la moraine ne grossit pas : les échelles du paysage sont d'une telle ampleur que ce qui apparaissait à portée de main était en fait loin et gigantesque. Ils abordent la moraine instable et s'approchent du mur de glace. Colossal, rayonnant d'une lumière trouble, il souffle le froid. Les deux missionnaires l'effleurent brièvement du doigt comme s'ils jouaient à chat, et puis retournent très vite au canoë. Muir et Young suivent la paroi, puis entrent dans les crevasses, plongent dans la lueur bleu pâle qui palpite de beauté et de tendresse. Autour d'eux, l'eau de fonte glougloute. Muir est ravi : il y est ! Au cœur du travail de la glace en mouvement, qui sculpte les montagnes, qui compose le paysage, il est au cœur de la force et de l'obstination prodigieuse, qui rayonne de beauté et produit la beauté. Ils seraient bien restés, mais le navire ancré dans le fjord actionne sans cesse sa sirène pour les presser de revenir. Pataugeant dans l'argile molle, trébuchant dans les ruisseaux bordés de galets instables, cueillant quelques fleurs, ils rentrent, conscients d'avoir pénétré le temple de Dieu, de l'avoir vu à l'œuvre, de l'avoir vraiment entendu s'exprimer en un prêche grandiose.

Ce lyrisme exalté, qui utilise les ressources de la prédication pour louer la Nature, c'est la peinture qui peut en donner l'idée. L'émerveillement peut encore exister en notre siècle sceptique, mais il ne s'exprime plus comme ça. Muir est nourri de psaumes et de poésie, en un temps où les sciences de la nature consistaient surtout à observer, à recenser, et à raconter le tout en pages élégantes. On fait de lui un des fondateurs de l'écologie, mais ses représentations, ses méthodes et sa façon de l'exprimer n'ont rien à voir avec l'écologie contemporaine, qui est une science qui s'exprime en articles austères dans des revues spécialisées : s'il est le père de l'écologie, c'est au sens de l'ancêtre mythique, comme dans les légendes indiennes de fondation du monde. Il est la préhistoire de l'écologie, et plutôt que des écosystèmes, il perçoit la Création par le spectacle de la Beauté, toute destruction est alors un blasphème et annonce la destruction de l'Homme. On répète les mêmes mots et il y a des majuscules partout, mais ici on joue des grandes orgues, on ne craint aucune emphase. En Alaska, il est dans l'atelier de fabrication du paysage. « Il ne peut y avoir de bonheur en ce monde pour tous ceux qui seraient incapables d'être heureux en pareille place. »

Déjà on s'y précipite, mais ce n'est pas pour la beauté, c'est pour l'or qu'on y trouve, pour les pépites mêlées aux cours d'eau qui circulent dans les dépôts glaciaires. Ce n'est pas encore la ruée vers le Klondike, qui aura lieu dix-sept ans plus tard, mais déjà dans les paysages immenses de l'intérieur des terres, des mineurs s'affairent le long des rivières comme des castors ou des taupes, défrichant, piétinant, lavant la caillasse, espérant s'enrichir, ce qui n'arrivera pas à grand monde, l'espoir étant toujours mieux distribué que la fortune. Sur la piste des mines, des tavernes s'installent pour nourrir les travailleurs et les délester de leurs trouvailles. La nourriture y est effroyable : pommes de terre d'un vert douteux, tranches de quelque chose ressemblant un peu à du bacon, machin grisâtre appelé pain. Le café est bourbeux, semi-liquide, surnommé pétrole. Muir, toujours mesuré, cette fois s'enflamme : « Ce pain est une insulte au Seigneur, comment le bon froment que Dieu nous a donné peut-il être transformé en pareille saloperie ? Cela dépasse l'entendement. » De tels excès de langage sont bien inhabituels, ils sont étonnants de la part d'un homme ascétique qui semble indifférent à ce qu'il mange. Mais là on touche au pain, dont on se souvient qu'il se nourrit exclusivement dans ses grandes randonnées ; et puis au-delà de sa simple composition, c'est un aliment spirituel, jamais Muir ne l'oublie, même grignotant un quignon dans la montagne. Sa réaction devant un mauvais pain est la même que devant le gâchis qu'est la destruction des forêts : c'est la Création qui est maltraitée, le Créateur bafoué, et cela le scandalise.

Il retourne au glacier, dans sa manière à lui, plus proche de la conduite à risque que de la randonnée. Le grand glacier le fixe avec insistance, son flot majestueux se déverse à travers la vallée comme pour l'attirer, tandis que ses sources gelées en haut de la montagne luisent spécialement pour lui dans un lointain blême. Une si pressante invitation, en des termes si convaincants, est irrésistible. Il pleut, il y va quand même. Un aimable M. Choquette lui fait traverser la rivière en canoë.

« Quand comptez-vous rentrer ?

– Aucune idée. Je veux en voir le plus possible.

– Oui, je comprends... mais comment viendrais-je vous chercher s'il vous arrive quelque chose ? Il me faudrait savoir où vous allez... Il y a quelques années, des officiers russes sont partis comme vous, on ne les a jamais revus. C'est dangereux, c'est plein de fissures et de trous. Vous n'avez pas idée de tous les pièges de la glace.

– Si. J'ai déjà escaladé des glaciers. Le plus simple est que vous ne veniez pas me chercher. Ne vous inquiétez surtout pas, j'ai l'habitude. »

Et après ce dialogue hallucinant d'indifférence au risque, il jette son baluchon sur son dos, une couverture, des biscuits et du thé, un piolet qui sert de bâton de marche, et il part en trébuchant sous la pluie à travers la moraine instable. Sur un grand lac alimenté d'eau de fonte flottent de petits icebergs détachés de la muraille de glace. Il escalade des pentes, il rampe sous des entrelacs d'épines, il passe une nuit toujours sous la pluie abrité de quelques branches tressées, il sursaute en entendant un grondement de tonnerre. De l'autre côté du lac, une falaise de glace s'est effondrée, et ce bruit terrible est le cri d'un iceberg nouveau-né, un glaçon de vingt mètres de diamètre qui oscille sur les vagues que sa chute a provoquées, et ce cri était de triomphe, comme s'il jouissait enfin de sa liberté après un long travail d'arrachement. Il est trempé, il continue, il mange à peine, il taille des marches au piolet, il arrive au sommet du glacier. Et là, il se glisse dans la rimaye et passe en dessous, il rampe dans un espace précaire entre les milliers de tonnes d'eau gelée et le granite poli, il sent la masse formidable se déverser au-dessus de sa tête, il est au point exact de l'érosion, il est à l'endroit où a lieu le mécanisme qu'il a décrit pour Yosemite, capable de broyer des montagnes, de trancher net le Half Dome en faisant croire à un effondrement. Il est entre le marteau et l'enclume, à la merci d'un mouvement infime, d'un léger craquement, de la fonte inopinée des dernières attaches d'un gros bloc suspendu au-dessus de lui.

Après quelques jours d'observation, il repart, il redescend vers la forêt côtière dans un état de bonheur contagieux, « chaque plante, de la plus petite fleur au plus grand arbre, semblait mêler sa joie à la mienne », il retrouve le bon M. Choquette qui lui offre de se reposer quelques jours chez lui. Il accepte, il écrit ce qu'il a vu, des lettres, des ébauches d'articles, il envoie tout en Californie.

En Alaska, il rencontre les Indiens. Ce sont des gens curieux et plein d'humour, accueillants, des familles joyeuses qui font des provisions de saumon au bord des rivières, qui les fument pour l'hiver et en mangent jusqu'à plus faim, qui cueillent d'énormes paniers de baies qu'ils mangent jusqu'à n'en plus pouvoir, il les rencontre dans l'heureuse activité des longues journées d'été, dont l'abondance durera quatre mois, mais suffira à toute l'année.

Avec Young, ils louent les services de huit rameurs pour les emmener en canoë et visiter les villages. Young a de splendides rouflaquettes qui encadrent son visage pensif, rien ne le destinait à l'aventure, mais il est courageux et patient. Il est venu à Fort Wrangell pour fonder la première église presbytérienne d'Alaska, et il part recruter des fidèles. Pourquoi lie-t-il son sort au plus dangereux des explorateurs, dont la témérité est proche d'une conduite à risques ? Sans doute s'entendent-ils bien, les interlocuteurs un peu cultivés sont rares en ces contrées, et puis Muir a dû le convertir aux extases naturelles. Quand ils abordent les villages, les chefs viennent les accueillir, ils les trouvent doux et raffinés en leurs manières, comme des pasteurs dans les villages d'Écosse. Ces Indiens d'Alaska ne sont pas les survivants hagards des guerres indiennes, ce sont des hommes établis depuis des siècles sur des côtes à l'écart des routes de colonisation, qui regardent avec perplexité arriver les « gens de Boston » en petits groupes, un par un quasiment. Ils apprennent un peu d'anglais, ils se convertissent plus ou moins au christianisme dont ils ont une vision pragmatique, sans doute pas exactement ce que les missionnaires imaginent enseigner : « Vous savez tout sur Dieu, les bateaux, les fusils, vous devez être les favoris du Père Suprême, disent-ils, nous ne sommes que des enfants tâtonnants dans l'obscurité. Nous nous assiérons autour de vous, et nous vous écouterons. » Ils se réunissent dans les grandes maisons communes ornées de sculptures polychromes d'aigles pêcheurs et de saumons, et Young prêche avec ardeur, et les Indiens écoutent avec beaucoup de politesse, ils écoutent toujours celui qui est possédé par la parole, car d'un bout à l'autre du continent, la parole est une valeur indienne ; mais en même temps ils fument, ils bavardent, ils entrent et sortent, ils s'interpellent, ils s'endorment dans une ambiance chaleureuse et amicale où cet infatigable Young a plus un rôle d'agréable conteur que de prêcheur. Il s'obstine, continue, ne demande à aucun moment combien dans l'assistance parlent suffisamment anglais pour le comprendre.

Muir a du mal à se retenir de rire, tant il se sent plus proche des Indiens que du missionnaire, sensible qu'il est à la poésie biblique, mais indifférent à la religion. Son christianisme a les accents d'un panthéisme viscéral, et il se reconnaît davantage dans le Père Suprême qu'évoquent les Indiens que dans le dieu moraliste, ritualiste et maniaque des paroisses presbytériennes. Son Dieu est lyrique, accueillant, et un peu distrait sur les points de dogmatique.

Muir bavarde plaisamment avec tout le monde, si bien qu'avant leur départ, un sorcier aux cheveux blancs lui fait une longue déclaration : « Je suis heureux d'avoir écouté vos paroles. Je suis vieux et je me souviens du premier Blanc arrivé ici. J'en ai vu beaucoup d'autres, mais je ne les ai jamais compris. Ils voulaient tous obtenir quelque chose de nous, des fourrures surtout, en les payant le moins cher possible. Il me semblait en leur parlant que nous étions de chaque côté d'un torrent furieux qui roulait des cailloux, et nous ne pouvions saisir que quelques mots de la conversation. Pour la première fois, l'Indien et l'homme blanc sont du même côté du torrent. Nous nous sommes entendus. À partir d'aujourd'hui, je vais écouter les missionnaires qui connaissent Dieu et les lieux où nous allons après la mort. » C'est une conversion par la conversation qui ravit nos deux presbytériens, mais il y a un léger malentendu, car le vieil homme conclut ainsi : « Enseignez aux jeunes gens, moi je suis trop vieux. Si comme vous le dites tous les gens de mon peuple sont en enfer pour n'avoir pas été baptisés, je veux les rejoindre pour les aider à supporter cette situation. » Young est un peu déçu, mais Muir trouve cette noblesse digne des anciens Romains.

> « Le vent était fort et joyeux
> nous glissâmes facilement jusqu'au glacier
> nous pûmes enfin le contempler
> dans sa splendeur cristalline. »

Il navigue sur l'eau lisse des fjords, il se repaît de glaciers et de sommets émergeant de la brume, mais la température baisse, vient l'automne qui est ici la fragile limite du long hiver, il rentre à San Francisco auprès de Louisa.

Au printemps 1880 ils se marient, on l'a raconté. Tout à la fois timide et décidé, il s'installe, il loue à son beau-père une partie de son ranch de Martinez et se lance dans l'horticulture. Il n'y connaît rien, mais les arbres l'aiment autant qu'il les admire, les fruits poussent sans peine en sa présence. Pourtant dès juillet, le désir d'Alaska le ronge ; en août, il est reparti.

Cette fois il écrira à sa femme, abondamment ; plus il s'éloigne, plus il lui écrit, il profite des navires qu'il croise pour leur confier de longues lettres à destination de San Francisco. Le procédé paraît incroyablement approximatif et lent, mais il fonctionne. Les lettres passent de main en main au hasard des escales, et à la fin elles arrivent. On ne sait pas ce que pense Mme Muir pendant le voyage de son mari, mais le ton affectueux des lettres qu'il lui adresse laisse penser qu'il l'aime, que c'est réciproque, qu'elle a confiance en lui, et qu'elle comprend son goût irrépressible du voyage. Elle sait qui elle a épousé : un ressortissant de la Grande Sauvagerie. Il lui raconte tout, comme s'il voyageait dans ce seul but : lui raconter.

Il retrouve Young, Vanderbildt, ceux qu'il a connus l'année passée, et tous sont déçus de ne pas rencontrer Louisa. « Vous auriez pu l'amener, lui disent les femmes de Fort Wrangell, elle serait restée avec nous pendant que vous allez travailler dans votre région de glace. » Ah, merveille de la persuasion !, qui a su faire croire qu'une promenade est un travail scientifique d'importance ! Il en tirera des articles, c'est sûr, car il n'y a pas là beaucoup de science, surtout de la contemplation, nez en l'air, de l'émerveillement ; mais c'est là tout son travail, l'émerveillement.

« C'est un jour brillant et doux, doux…
Comme ça vous plairait !
Vous devrez venir ici quand vous serez assez forte. »

Il rentre à San Francisco à la fin de l'été, en mars leur naît une fille, et puis on l'invite en Arctique pour l'été 1881, dans ces régions du nord de l'Alaska et de la Sibérie jusqu'à présent « très négligées ». Il laisse entendre qu'il est vraiment important d'y aller… Louisa admet qu'il ne faut pas laisser passer l'occasion ; elle a épousé un voyageur, c'est comme ça.

En mai 1881, il part sur le *Corwin*, il s'agit de retrouver trace de la *Jeannette*, disparue depuis l'été précédent ; ça, c'est le prétexte. Muir, lui, veut juste aller voir un peu plus loin.

Quand, dans le détroit de Béring, le navire commence à tanguer, tout le monde est bouclé dans sa cabine, il s'empresse de mettre son manteau et monte au poste de pilotage pour profiter de la vue sur les vagues. Les tempêtes, après tout, méritent d'être vues, et celle-ci s'est montrée, à son grand bonheur, plus sauvage que prévu, plus excitante, l'océan est une masse blanche bouillonnante et fracassante qui se mêle à l'air en longues écharpes sifflantes. Le bateau tremble, mais tient bon, Muir est incorrigible, il s'accroche et regarde, de tous ses yeux il regarde. Mais la tempête redouble, le navire va s'abriter derrière une falaise de lave. Tout est recouvert de glace, ils sont en Arctique.

« Tout s'éclaircit.
Les montagnes émergent de la brume, une par une.
Les marins pêchent des morues,
deux cascades dévalent la falaise. »

Il raconte tout par le menu à Louisa, ce qu'il voit, ce qu'il mange, ce qu'il pense, il écrit plaisamment, il trouve de jolies formulations, des angles amusants, il veut la faire sourire, il répète qu'il n'est pas loin. Pas tant que ça. Que de toute façon ceux qui s'aiment ne sont jamais séparés, l'âme aimante ignore la distance, *et cetera*… Cela est un peu rhétorique, mais la sensibilité point, on sent dans ses lettres qu'il aime passionnément le voyage, mais qu'il aimerait avoir Louisa à ses côtés pour tout lui raconter directement, il voudrait voyager pour elle, avec elle. Il évoque leur fille, voudrait la voir, il exprime le manque de manière très touchante.

Sans doute, pour la première fois de sa vie d'homme, quelque chose lui manque, quelqu'un lui manque, sa femme, sa fille, pour la première fois de sa vie il y a un endroit qui serait chez lui, le ranch horticole de Martinez, et il n'y est pas.

« Ce fut une très grande journée :
neige, vagues, vent ;
montagnes ! »

Autour du *Corwin* qui longe les côtes de Sibérie, il n'y a plus de forêt, mais une toundra au sol chaotique, un matelas spongieux posé sur la terre gelée, déformé par des massifs de mousse et des entrelacs de saules nains. Il descend à terre et s'y promène, la marche est difficile, désagréable, il trouve des fleurs miniatures, il avance péniblement sur ce sol qui se dérobe, il chancelle et trébuche à chaque pas. C'est un jour merveilleux, dit-il, mais ennuyeux. Il est arrivé au bout du monde, au bout de son désir insatiable de Sauvagerie, au-delà il n'y a plus rien, des roches et de la glace, plus rien de vivant.

« Dans ces journées glaciales, étrangement sans nuit, j'ai tant pensé à vous. »

Il aimerait que sa fille soit déjà assez âgée pour lui lire les histoires qu'il voudrait écrire.

Ça sent la fin du voyage. En octobre, il est rentré.

Il était libre, il est aimant ; il était vagabond, il est heureux de s'installer. Il ajoute des fenêtres et des cheminées au ranch, car « une maison ouverte à la lumière et des bébés heureux font ressortir le meilleur de ce qu'il y a en nous ». Une autre vie va commencer, pour les dix ans qui viennent. Il renonce à sa grande liberté, mais dans la maison de Martinez avec sa femme et sa fille, tout lui est plaisir.

11

RAISINS ET SÉQUOIAS DANS LES JARDINS DU SEIGNEUR

John Muir a quarante-deux ans, il s'installe. Il a une maison, sa femme, une deuxième fille maintenant, et s'occupe de cultiver des fruits, des raisins, des poires et des cerises. Il continuera d'écrire des articles pour des magazines, chacun payé très correctement, cent à deux cent cinquante dollars de l'époque, il gagne en partie sa vie comme ça, et s'en étonnera toujours.

Je me souviens de la merveilleuse étrangeté du virement bancaire bien réel que l'on m'a fait pour le premier article que j'ai vendu. On rêve, on note, on écrit, c'est quand même du vent, ça aurait disparu sans traces si on ne l'avait pas noté, et ceci se métamorphose en un argent bien réel, une somme qui apparaît par magie là où il n'y avait rien, rien d'autre qu'une feuille blanche. On a beaucoup lu avant d'écrire, alors on sait que l'écriture avait des propriétés miraculeuses, puisque lire bouleverse, émeut, scandalise, fait rire et pleurer, et apparaître des mondes, mais c'est soudain une vertu supplémentaire qui apparaît : la rêverie reflétée par le papier remplit le panier de provisions. Je m'en étonne encore. C'est sans doute ce que ressentent tous les rêveurs quand le réel répond à leur rêverie, et c'est comme une preuve de leur existence. On se sent alors un tout petit peu puissant de pouvoir créer une amorce de réalité par la seule force de cette rêverie, dont on croyait jusque-là qu'elle nous détachait du monde. Mais non, elle nous en rapproche, et cet argent le prouve. Il n'a d'autre intérêt que de rassurer.

Sinon, Muir défriche, agrandit son lopin, il plante des vignes et des vergers, il soigne les fruits, il les récolte et les vend, il dirige vingt à trente ouvriers selon les saisons, il se mêle de tout, s'occupe de tout, il se donne à fond, car c'est sa façon de faire, il l'a apprise à la ferme du Wisconsin. Il travaille dur, il s'use, Louisa s'en inquiète. L'été, il se permet quelques promenades à Yosemite, presque une prescription médicale : voilà dix ans, l'air frais et vif l'avait guéri du paludisme contracté en Floride, il le guérira bien de toutes les fatigues. Il emmène Louisa et c'est catastrophique, elle emporte d'encombrantes malles de vêtements, elle a horreur de marcher, elle confond avec une joyeuse indifférence tous les poissons et tous les oiseaux, et elle tremble de deviner un ours derrière chaque buisson. Pour une fois, John est heureux de rentrer, c'est le seul voyage qu'ils feront ensemble, chacun son lieu, chacun son bonheur, à lui les forêts et à elle le jardin.

Il écrit toujours à sa famille, il les assure de sa présence aimante, mais il ne les a pas revus depuis dix-huit ans. Les lettres qu'ils échangent débordent de détails et de propos affectueux, ils vieillissent et la vie fait son œuvre ravageuse, un de ses beaux-frères meurt, l'épouse de David tombe malade, son père vit à Kansas City avec une de ses filles, qui écrit à John qu'il ne va pas très bien. Dix ans plus tôt, il s'était cassé le col du fémur et ne s'en est pas remis, il marche avec des béquilles, il reste confiné dans sa chambre, passe son temps à lire la Bible. Un mois après avoir reçu cette lettre, alors qu'il travaillait à sa table il pose son stylo ; il se lève, et dit à sa femme : « Je vais dans l'Est. Si je ne pars pas ce matin, je ne reverrai jamais mon père. » Il passe par Portage pour prendre sa mère, également son frère David qui s'étonne de cette hâte, il fait un détour par le Nebraska pour aller chercher son frère Daniel qui s'étonne aussi de cet affolement. « Si nous n'y allons pas maintenant, nous ne le verrons plus. » Daniel est médecin et ne veut pas quitter ses patients, John insiste. « Il n'y en a pour pas plus d'une semaine, tu reviendras après l'enterrement. » De le voir si sûr de l'avenir, Daniel obtempère. Il prend ses autres sœurs au passage, et ainsi ils arrivent à Kansas City et se rassemblent autour de leur père qui n'a pas vu ses enfants réunis depuis près de vingt ans. Ils sont autour de lui trois ou quatre jours, et il meurt.

Ce père si dur, Muir avait toujours rêvé de lui parler tranquillement, sans que ses obsessions évangéliques ne troublent le simple plaisir d'être ensemble. Comme père, il l'avait traité sans indulgence, il le craignait ; mais il admirait la force de caractère de cet homme, tyran, père biblique, force de la nature. Quand John entre dans la chambre où son père passe l'essentiel de son temps, celui-ci se redresse, le regarde approcher, lui tend la main :

« Est-ce toi mon cher John ? demande-t-il en lui prenant la main.

– Oui c'est moi.

– Oh, mon cher vagabond… merveilleux vagabond… »

Il soupire avec une tendresse que John ne lui a jamais connue, et épuisé il se renfonce dans ses oreillers. Ce pauvre fils errant, ce fils aîné dont il ne savait que faire, est enfin revenu, répondant à une convocation mystérieuse, rassemblant mère, frères et sœurs, traversant plaines et montagnes pour assister dans ses derniers jours ce père si seul, si perdu dans le mystère des Écritures, si aveugle au monde et aux autres. Mais ils étaient là. Il décède, dans une journée d'été remplie de paix.

De retour en Californie, Muir s'engloutit à nouveau dans ces travaux qui l'épuisent. Il note ceci, dont le ton résigné fait peur : « L'ancienne liberté dont j'avais l'habitude de jouir fait partie du passé, comme la jeunesse et ses enthousiasmes. » Il s'éteint à petit feu. À force de récolter des fruits, il écrit moins. Ses amis s'en inquiètent, et sa femme aussi. Il s'occupe de tout sur le domaine, ne fait rien à moitié, il est sur les nerfs et maigre comme un corbeau. Louisa n'a pas épousé un entrepreneur, mais un voyageur et un écrivain : cette prospérité qu'il assure à sa famille, elle le paie cher ; elle l'encourage à être ce qu'il est, à être ce qu'elle aime qu'il soit. « Un ranch qui a besoin du sacrifice d'une vie comme la tienne devrait être abandonné. Tu dois écrire, cher John, et pour ça être toi-même, fort, et fort, pour que ces écrits soient dignes de toi. À part ça, rien ne doit être considéré, à l'exception du bien-être de nos enfants. »

Voilà qui est dit d'une façon aimante et énergique, j'aime particulièrement le « fort, et fort », qui laisse entrevoir un instant l'intensité de leur lien, de violentes étreintes peut-être, ce qui ne serait pas surprenant de la part de cet homme au corps de fer, mais j'imagine trop facilement sans doute, mon admiration pour John Muir envahit même les circonstances intimes dont il n'a jamais parlé. Louisa admirait l'écrivain voyageur, alors elle veut qu'il voyage et qu'il écrive, elle veut continuer à l'admirer. Il accepte de contribuer à un livre illustré, *Californie pittoresque*, et repart sur la côte ouest avec son ami William Keith, le peintre.

Ils sont très amis, ces deux-là, écossais tous deux, nés la même année, amoureux fous de la Nature, ils ont le même genre de regard intense et de barbe en bataille, en plus élégant et posé chez Keith, il a quand même fait les Beaux-Arts. Quand ils se sont rencontrés, Keith voulait peindre des paysages américains, Muir lui a servi de guide, l'a emmené au mont Lyell, et quand, au sortir de la forêt, la montagne est apparue, Keith s'est précipité à sa rencontre en criant, gambadant, agitant les bras comme un fou. Muir le comprenait ; leur amitié était scellée. Ils s'appellent mutuellement Johnnie et Willie, ils se promènent ensemble dans Yosemite, on les imagine regarder ensemble, marcher ensemble, l'un peignant, l'autre écrivant, et probablement animés du même émerveillement. La seule réserve de Keith est qu'il ne partage pas l'ascétisme de Muir, et il en a vite marre des copeaux de viande séchée quand il y en a, du café sans sucre, et du pain sans rien. Sinon ils s'écrivent, se signalant l'un à l'autre des paysages qu'ils apprécieraient.

Un jour que Muir était plein de trac avant une conférence à Sacramento, il lui prêta un de ses tableaux. « Prends-le, Johnnie, et dis-toi que tu es de retour dans la montagne. Tu vas te détendre, ça va aller. » Muir prend le tableau, l'emporte à la salle paroissiale où a lieu sa conférence, et l'accroche en face de lui avant l'arrivée du public. Il le regarde en silence, puis y revient tout au long de sa conférence, qui est un succès : *The Headwaters of the Merced*, tableau vert et agité, très frais, très vif, a parfaitement joué son rôle, avec ce titre difficile à traduire, *Le cours supérieur de la rivière Merced*, ou alors, en poussant un peu, *Les sources de la Miséricorde*. Le tableau est topographiquement juste, esthétiquement parfait, et de simplement le regarder redonne à Muir un peu de cette montagne qui le nourrit, il peut aller en ville et parler, parler, le grand air a été fixé par son ami dans le tableau qui lui fait face, et d'un coup d'œil il peut reprendre son souffle.

À la maison, il invente pour ses filles de longues histoires interminables qui se poursuivent de jour en jour. Mais quand il doit écrire, il va à San Francisco s'enfermer dans une chambre d'hôtel dont il ne sort qu'aux heures des repas. Il a du talent, mais il peine pour chaque article, il doute de chaque phrase. « Écrire est plus difficile pour moi que de grimper aux arbres ou dans la montagne. » Il doit se faire violence. Il aimerait s'installer au bord du chemin, sur un rocher, sous un séquoia, et tranquillement remplir ses carnets, puis les ranger et en remplir d'autres. En tirer des articles est un travail, il s'oblige. Il doute même de l'utilité de l'écriture : décrire le pain ne rassasie pas, décrire le feu ne réchauffe pas, la langue est si pauvre par rapport à la splendeur de chacun des arbres de la Sierra, mais il s'obstine. Il termine ses articles, les envoie, ils sont lus. Ses amis lui disent : « Nous ne pouvons pas aller dans les bois. Toi tu es libre, tu aimes la Sauvagerie, va et rapporte-la nous. »

Une femme inconnue lui écrit : « Il y a vingt ans, j'ai lu dans une revue un bref croquis où vous décriviez votre plaisir à écouter le vent balayer les pins. Cet article m'a impressionnée pour toujours, il a façonné ma perception des merveilles de la Nature ; il a réjoui toute ma vie. » Aujourd'hui encore, cet article frappe : tout entier consacré à la perception du vent quand il souffle à travers la forêt, il en décrit les sons divers, l'odeur des feuilles frottées, les mouvements tout à la fois libres et coordonnés des feuillages, l'ondulation d'une forêt balayée du même vent, les arbres s'agitant en harmonie. Pendant une tempête, il monte à un sapin de trente mètres, et bien accroché au tronc, les yeux clos, il se laisse balancer pour mieux percevoir le grand mouvement qui l'entoure, il pendule comme le contrepoids accroché à l'aiguille d'un métronome. Qui d'autre a un jour consacré des pages entières à simplement raconter le vent ? À cette dame, il répond avec un *understatement* tout britannique : « Des lettres comme la vôtre, Madame, me montrent que l'écriture de la Nature n'est pas totalement inutilisable. »

Ses articles sont attendus, il est l'homme qui marche et qui raconte la Nature, il est le barde de Californie, le psalmiste de la Sierra, et les compliments pleuvent : « Personne n'a décrit les arbres ainsi ! » « Vous êtes poète, naturaliste, observateur attentif. » Un géologue s'exclame : « Muir est le seul homme vivant qui comprend l'activité des glaciers dans la formation des paysages ! » Alors il continue, parce que l'écriture donne quand même à voir, à penser, à sentir. L'écriture change la vie des gens, l'écriture a une puissance réelle, il finit par la penser utile.

En 1889, il a cinquante et un ans, et il sympathise avec Robert Underwood Johnson, éditeur de la revue *Century* dans laquelle il publie des articles. Cette rencontre orientera ses écrits et fera de lui le père des *conservationnistes* comme on dit aux États-Unis. Ils vont ensemble à Yosemite et Muir lui montre comment les moutons dévorent et piétinent le merveilleux jardin de fleurs, le détruisant sans recours. Ils campent dans la forêt, et autour d'un feu de camp, car toujours quand il est dehors Muir allume un feu. Johnson suggère la création d'un parc national qui protégerait la vallée fragile, sur le modèle du parc de Yellowstone, créé en 1872 par le président Ulysse Grant, dans le but d'en faire un lieu « exempt d'exploitation mercantile, voué à la satisfaction du peuple ». La revue pourrait faire avancer le projet en le faisant connaître, Muir pourrait écrire des articles afin que le public sache quels trésors sont dans ces montagnes, et comment tous pourraient en profiter au lieu qu'ils soient détruits au profit de quelques-uns. Muir le fait, il écrit, en 1890, *Trésors de Yosemite* et *Profil du Parc National*, et la même année le parc est créé par l'État de Californie. On est émerveillé de tant de rapidité, mais c'est la Californie, c'est le Far West du Far West, c'est le temps des philanthropes tout-puissants et des barons du rail ; en ce temps-là, en ces lieux, pour le meilleur ou le pire, quand on veut, on fait. Un escadron de cavalerie vient expulser les moutons, protéger le parc. La cavalerie des États-Unis, celle des westerns, en uniforme bleu et petit fanion flottant au vent, vient au secours des fleurs. Elle arrive à temps.

Mais si la loi est votée, la protection est en trompe-l'œil. « L'amour de la nature est chez les Californiens désespérément modéré », soupire Muir. La délimitation de la zone protégée est sans cesse remise en question, et année après année Muir milite pour l'élargir, pour l'étendre à tout le bassin-versant, à tous les affluents, à toutes les sources, car privée de ses branches, la vallée de Yosemite n'est qu'une souche morte. Ces hautes vallées sont impropres à l'agriculture et à l'élevage, elles ne sont utiles à rien d'autre qu'à la beauté ; mais on y soupçonne des mines, on voudrait couper la totalité du bois, parce que tant qu'il y en a sur pied, ce sont des richesses gaspillées. « La forêt doit être mise sous la protection du gouvernement, sinon elle fondra comme neige au soleil. » Face aux atermoiements des politiciens californiens, aux tentatives répétées des affairistes de modifier les règles de gestion du parc, Muir préférerait voir la vallée entre les mains du gouvernement fédéral. En Californie, les responsables de la protection changent trop souvent pour des raisons politiques, cela empêche toute action suivie. Le gouverneur est influencé par les propriétaires de mines, de scieries et de troupeaux, il est tenté de modifier les limites et les règles, de nommer des superviseurs qui fermeront les yeux sur les dévastations du surpâturage et, disons-le carrément, sur les vols et les pillages. Il faut confier la gestion du parc à une commission indépendante où siégeraient des représentants de l'université, du conseil de l'agriculture, de l'armée. Oui, de l'armée, affirme Muir, qui est exempte du poison politique, elle seule peut protéger efficacement la forêt des convoitises. L'armée. Il faut sans doute, en ces contrées sauvages, employer de grands moyens. Mais c'est vraiment l'armée qui fera appliquer l'interdiction de pâturage dans la vallée. Trois ans après, il viendra voir les résultats : si, sur les pentes, les sols les plus fragiles n'ont pas encore récupéré du passage du cataclysme laineux, les prairies qui suivent le cours de la Merced se sont reconstituées et sont à nouveau constellées de fleurs. Mais tant que la direction du parc est entre les mains de politiciens nommés par le gouverneur, Yosemite sera en danger. Pendant quinze ans, il militera pour que la gestion du parc soit retirée à la Californie, et qu'il devienne un parc fédéral.

En 1892, il fonde le Sierra Club. C'est la plus ancienne association de protection de la nature au monde, elle existe encore, elle continue d'agir dans un autre contexte, mais avec les mêmes motivations : « Rendre accessible à tous les régions montagneuses de la côte Pacifique, publier des connaissances authentiques les concernant, obtenir le soutien du peuple et du gouvernement pour les protéger. » Muir en sera le premier président, jusqu'à sa mort vingt-deux ans après.

Mais qu'est-ce qu'un parc ? Le débat est vif, non seulement entre ceux qui en veulent et ceux qui n'en veulent pas, ceux-ci refusant toute entrave à la liberté d'entreprendre et d'exploiter, mais aussi au sein de ceux qui en veulent. Si certains pensent que le parc doit être une aire de préservation totale, exempte de toute activité agricole, minière et industrielle, d'autres viseraient une simple conservation raisonnée, qui consisterait à autoriser certaines activités. C'est la position de Gifford Pinchot, qui fut dans un premier temps un allié de Muir quand il s'agissait de créer un parc. Mais pour Pinchot, la conservation doit se faire dans le cadre des lois du marché, la gestion scientifique et contrôlée des ressources naturelles doit être rentable, justifiant ainsi l'action de protection du gouvernement. Comprenant ça, Muir se brouille brutalement avec lui, outré comme d'un blasphème, d'une faute de goût, d'une insulte personnelle, il se met en colère, sentiment rare chez lui, et ne veut plus jamais avoir à faire avec lui. Il refuse en bloc les troupeaux, les mines, les scieries, toutes ces misérables activités humaines qui détruisent la Création. Pour lui, il s'agit de protéger une réserve de beauté, plus que jamais nécessaire à ce nouvel être humain détaché de la Nature tel qu'il s'entasse dans les grandes villes en croissance accélérée ; beauté nécessaire tant du point de vue spirituel (elle est un psaume) que du point de vue sanitaire (le grand air est le remède à tout), et économique (la Californie est une région agricole, mais sèche : sa prospérité dépend de son approvisionnement en eau, du bon débit des rivières qui descendent de la montagne, et donc du bon état des forêts de la Sierra dont les sols maintiennent un cycle de l'eau abondant et régulier). Au XXIe siècle, le même débat se poursuit, que ce soit en Californie, dans les Alpes, ou en Amazonie : protéger, ou pas ? Complètement, ou pas ? Pourquoi garder des ressources inexploitées ? demande-t-on d'un côté… Pour préserver la beauté, la biodiversité, des ressources… Mais c'est impalpable, ce sont des rêveries… Mais c'est l'avenir, c'est la stabilité du monde… On n'en sort pas, on protège, on conteste, et pendant ce temps, la Californie brûle, par sécheresse, urbanisation anarchique et mauvaise gestion de l'eau, l'Amazonie brûle, par avidité, banditisme, et projets agro-industriels dévastateurs. Mêmes causes, mêmes effets, mêmes débats : la colère de John Muir serait intacte s'il revenait.

« J'ai surtout écrit sur les forêts.
Faisant tout ce que je peux pour les sauver.
C'est un travail lent et dur,
lent et dur comme celui des glaciers. »

Poussé par l'émerveillement qui a été le sien durant une vie de promenade, effrayé de voir l'inestimable disparaître massivement, Muir va militer pendant vingt ans contre ce pillage effroyable des ressources forestières. C'est « la grande bataille entre la justice paysagère et le diable », entre la naïve beauté du monde et ce mal absolu qu'est l'enrichissement de quelques-uns par la destruction des chefs-d'œuvre naturels.

Dans les forêts de Californie, en ce siècle du laisser-faire, tout le monde vient se servir. On ouvre des scieries, on découpe le bois et on l'emporte, la loi reconnaît à tous le droit de prendre ce qu'il veut parce que c'est l'Amérique, des bûcherons improvisés viennent abattre des arbres de trente mètres pour les découper en petits bardeaux qu'ils vendront pour couvrir des cabanes, laissant des arbres blessés et, en tas, des chutes inutilisables qui brûleront au prochain orage ; des propriétaires de mines coupent du bois d'étayage et mettent le feu au reste pour dénuder la roche et mieux la creuser ; des propriétaires de troupeaux mettent le feu au chaparral pour faciliter les trajets de transhumances, aussi aux bois pour dégager des pâturages, et le feu se propage, ravage bien plus qu'il n'était prévu, mais tant pis, il y en a tant ; le chemin de fer défriche pour passer, coupe les plus gros arbres pour produire des traverses, et laisse tout en vrac, les branches, les feuillages, l'écorce, tout brûle, et le feu se propage encore, dévastant les bois intacts. Le train circule à petite vitesse pendant des heures dans des étendues de cendres d'où dépassent des souches noircies, lançant des escarbilles qui déclenchent de nouveaux incendies. Le ciel pur de Californie est souvent voilé de fumées.

C'est le principe même de l'Amérique, du fantasme de l'Amérique depuis 1492 : un continent vide, ouvert, où l'on s'installe et où l'on fait ce que l'on souhaite. L'Europe brimait, l'Amérique rend libre, chacun a droit à une parcelle, et quand on décide de limiter leur taille, les compagnies forestières recrutent les matelots de tous les bateaux qui abordent San Francisco, pour que chacun acquière une parcelle qu'il revendra à la compagnie. C'est un peu illégal, mais personne ne regarde au détail, les ressources sont infinies, tout le monde a le droit ; c'est l'Amérique.

Muir a du recul. Il a connu les forêts intactes, et il les a parcourues. Il a grandi sur le front pionnier du Wisconsin où les fermiers ne voyaient dans les arbres que des mauvaises herbes de grande taille, qu'il fallait extirper pour conquérir le champ qui les nourrira, et ils ont livré une lente guerre aux forêts jusqu'à ce qu'elles disparaissent, les arbres abattus par millions, partis en tavillons, piquets, fumée. Déjà, adolescent, il se désespérait de la destruction et voulait protéger les merveilles. Dans la ferme familiale, il avait proposé à son beau-frère d'acheter la prairie de carex au bord du lac Fontaine, à condition que les porcs et les bœufs soient clôturés, qu'ils n'y aillent plus. Son beau-frère, éberlué, a refusé, c'était pour lui une rêverie étrange, la prairie a été piétinée, toutes les plantes qu'elles contenaient ont été détruites. Il raconte ça trente ans plus tard, à une réunion du Sierra Club, comme un récit de la préhistoire des parcs nationaux. Dans l'exploitation des ressources naturelles, il ne voit pas un gain, mais une perte. Pour tous.

Le développement rapide de la Californie auquel il assiste se fait au prix d'une dette écologique que personne ne veut mesurer, ni même ne pense à mesurer. Le concept de dette écologique est récent, un peu flou, mais très utile, car il vise à mesurer une variable cachée, dont on préfère qu'elle reste cachée : il est des développements économiques spectaculaires qui se font par l'exploitation d'une ressource dont le coût n'est pas comptabilisé. On prend en compte le prix de l'exploitation, mais pas celui du manque, celui-ci constituant une dette écologique, qui se paiera plus tard. Cela concerne l'eau, les forêts, la faune marine, tout ce que l'on prélève sans compter en estimant que c'est inépuisable.

À l'époque dont on parle, l'exploitation du bois ne coûte presque rien, c'est au prix de la disparition des forêts, mais cette disparition ne compte pas puisqu'elles n'appartiennent à personne. Ce manque caché pendant l'exploitation finira par faire disparaître l'industrie forestière, on s'y attend, mais aussi à dérégler le cycle de l'eau, ce qui aura un impact négatif sur l'agriculture, les infrastructures, et même l'urbanisation. Il faudra prévoir une irrigation et une adduction d'eau, à grands frais, qui sont les coûts cachés de l'exploitation forestière, payés plus tard, des dizaines d'années plus tard, par d'autres. En ne comptant pas cet emprunt de ressources dans leur bilan, les coupeurs de bois s'enrichissent aux dépens de ceux qui en payeront les conséquences, qui ne sont probablement même pas encore nés.

Cela est sans doute loin de la pensée de Muir, car plus d'un siècle est passé depuis, l'écologie s'est constituée comme science et comme pensée politique, l'économie est capable d'intégrer davantage de données, sur des échelles spatiales et temporelles de plus grande ampleur. L'attachement de Muir à la forêt est avant tout esthétique et spirituel, mais quand dans le débat sur la protection on met dans la balance l'intérêt économique des ressources que l'on voudrait protéger, il réplique que cet intérêt est une illusion, car plombé par le coût caché de la disparition de la ressource, même si pour lui l'essentiel de ce coût caché est spirituel.

Cette longue lutte donnera naissance à de très belles pages de plaidoyer, lyriques et enflammées, publiées dans des revues, rassemblées en livres, et ce sont sans doute les premiers exemples de littérature écologique engagée, qui sont alors très lus, et qui lui donneront cette célébrité qui dure encore.

« N'importe quel imbécile peut détruire un arbre, il ne peut pas fuir. Même s'il le pouvait, il serait traqué tant qu'il y aura un dollar à en tirer. Replanter ne sert à rien pour reconstituer les forêts primitives, car pendant une vie d'homme on ne peut cultiver que des gaules, à la place des vieux arbres qui ont mis plusieurs siècles à grandir, et qui ont été détruits en quelques heures. Pendant des siècles, Dieu s'est occupé des arbres, mais il ne peut les sauver des imbéciles. Seul l'Oncle Sam le peut. »

Et voilà l'Oncle Sam : en 1903, le président Theodore Roosevelt souhaite se rendre dans la Sierra. Il exprime explicitement le souhait de rencontrer Muir, seul, c'est-à-dire sans badauds, sans journalistes, sans sa cour. Muir, qui avait prévu un voyage, décline dans un premier temps, mais la Maison-Blanche insiste, Roosevelt lui-même lui envoie une lettre amicale ; Muir reporte son départ.

Il aurait été dommage qu'ils ne se rencontrent pas. Roosevelt est un colosse pittoresque, à la fois monstrueusement habile pour créer sa légende, naviguer dans les eaux troubles de la politique et aussi un homme animé d'une énergie qu'il sait fort bien mettre en scène, mais qui est réelle. Enfant asthmatique, il passa toute sa vie à se construire un corps vigoureux, et, adulte, il est cavalier, chasseur, naturaliste, grande gueule sans complexe, il tient des propos qui aujourd'hui font frémir, mais qui n'étaient que la version concise et brutale de l'air du temps. En revanche, il n'a peur de rien pour s'exprimer et décider. Sous son mandat furent créés des parcs nationaux, d'immenses pans de nature laissés vierges pour, entre autres, préserver la chasse. On voit que ses motivations ne sont pas les mêmes que celles de Muir, leur amour de la Nature s'exprimant assez différemment. Mais il voulait le rencontrer, cela se fait, et côte à côte, tout les distingue. Le président quadragénaire a une carrure de boxeur, et le regard aussi aigu et précis, jaugeant son vis-à-vis derrière ses petites lunettes ; en costume de montagne, la moustache vibrante et le poing sur la hanche, tout en lui dénote l'énergie, et l'habitude de la pose. Muir, qui a vingt ans de plus et sûrement vingt kilos de moins, flotte dans ses vêtements banals, les mains dans le dos et le regard ailleurs, un sourire amusé dissimulé dans sa barbe en broussaille, il est patient, contemplatif, attend que la photo soit prise pour aller se promener.

Du vendredi 15 mai au lundi 18 mai 1903, ils disparaissent dans les bois. Selon les journaux qui suivent l'aventure, ce sont *les deux plus grands hommes de plein air de notre époque*. Ils campent sous les grands séquoias, ils font un feu de camp – car toujours Muir fait du feu –, et il raconte au président les destructions aveugles, les fraudes, la disparition des merveilles naturelles si indispensables à l'homme. Muir persuade Roosevelt qu'il faut agir vite. Au matin, ils se réveillent barbe et moustache givrées, entièrement couverts de neige, d'un voile léger qui disparaît aux premiers rayons du soleil. Ils rentrent, ravis de leur week-end, et resteront amis jusqu'à la mort de Muir. « C'est l'homme le plus libre que j'ai jamais rencontré », dit Roosevelt. « J'ai passé un merveilleux moment avec le président et les montagnes, dira Muir, je n'ai jamais eu auparavant de compagnon aussi intéressant, chaleureux et viril. »

En 1905, le parc de Yosemite devient fédéral, il sera propriété de la Nation. Il ne faut probablement pas exagérer le rôle de cette excursion présidentielle dans cet événement : l'influence du Sierra Club allait grandissant, l'opinion basculait, Roosevelt avait déjà créé des parcs et des monuments nationaux, mais l'anecdote est belle, Muir en prophète barbu convertissant ce président haut en couleur, un peu filou, un peu baroudeur, tandis que les hautes flammes du feu de camp éclairaient les troncs géants tout autour d'eux, leur écorce rougeoyant sur la nuit très noire. L'ermite et le prince guerrier se réveillent au matin sous un voile de neige, et Yosemite devient parc, les séquoias sont sauvés. John Muir a contribué à ce qu'il y ait encore des séquoias, et que cent ans après on s'en émerveille encore. C'est si beau que cela mérite un récit légendaire.

12

ENFIN L'AMAZONE

En France, on ne connaît pas bien John Muir, on ne sait même pas prononcer son nom. Quand plein d'enthousiasme je parle de lui à qui veut m'entendre, je tente deux prononciations différentes, Muhire à la française où Mioure à l'anglaise, je laisse de côté le Miourrrh écossais, mais le plus souvent ni l'un ni l'autre n'évoquent rien, ou alors c'est la prononciation française qui rappelle vaguement quelque chose, parce qu'on l'a lu quelque part mais sans jamais l'avoir entendu prononcer.

Aux États-Unis, c'est un héros national, c'est le protecteur de Yosemite, le sauveur des séquoias, le père fondateur de l'écologie politique, même s'il y a malentendu dans ce domaine. Et puis c'est un personnage fantasque et barbu, un vagabond magnifique, libre et plein d'humour, qui a laissé parmi les plus belles pages de *nature writing*, ce genre littéraire américain – hélas surtout américain –, qui ne manque pourtant pas de belles plumes.

J'ai lu Muir en français, et puis quand il n'y eut plus rien, je continuai en anglais, ânonnant avec peine cette langue que je maîtrise mal, mais enthousiasmé toujours de son écriture sans afféteries, directe, pleine d'invention et de drôlerie. Au fil de ma lecture, je me suis pris d'une grande amitié pour cet homme disparu depuis un siècle. Les arbres, je les regardais depuis toujours, mais je les regarde différemment depuis que j'ai lu les récits qu'il en faisait. Et les sommets aussi, et les glaciers, et les fleurs, et les grandes cathédrales de nuages blancs qui dérivent sur le ciel bleu. Son regard a enrichi le mien, son émerveillement devant toutes choses m'a fait réaliser que cette exaltation que je ressentais à respirer les arômes balsamiques était d'abord un émerveillement, et aussi une gratitude devant le foisonnement de la Nature qui m'accueille comme elle l'a accueilli. En ce presbytérien nourri d'emphase biblique, il y a un animiste jubilant qui perçoit l'esprit en tout ; et l'ayant lu, je distingue maintenant l'esprit en tout. C'était donc ça, le bonheur ressenti dans les forêts et les alpages ! Le bonheur de l'esprit, partout présent. L'émerveillement.

Comme j'ai étudié les sciences, la botanique et la physiologie des plantes, l'écologie aussi, et puis l'évolution, selon ses acceptions darwinienne, néodarwinienne, post-darwinienne, je sais très bien que la nature vivante fonctionne toute seule, c'est de la physique un peu complexe, nul besoin de l'âme pour rendre compte de la photosynthèse. Mais si la nature que l'on étudie n'a pas besoin d'âme, la nature vécue n'est que ça, et Muir, avec son étrange écologie poétique et biblique n'écrit que ça, la splendide exaltation que procure la simple considération d'un arbre.

Cette amitié que j'ai développée pour lui rend plus triste encore ce point mélancolique auquel parvient toute biographie, ce point d'inflexion d'une vie, seulement visible quand on en fait le récit : après avoir raconté la jeunesse et le plein développement d'un homme, il faut raconter sa vieillesse et sa mort ; après l'élan et l'apogée, on raconte son repli. Comme un livre ce n'est pas si long, dans la durée de sa lecture on voit la vie monstrueusement accélérée se déployer, puis s'effondrer, les biographies quand on les lit d'un trait serrent toujours le cœur. Heureusement, chez Muir pas de mélancolie, ses dernières années sont des années d'accomplissements. Il voyage.

En 1893, il va vers l'Est, Chicago, New York, Boston, toutes les fourmilières humaines qu'il a fuies toute sa vie. À Chicago, il visite la foire internationale. À New York, il enchaîne les rencontres, les visites, les dîners, on l'accueille, on se l'arrache, on a lu ses articles et on veut qu'il raconte la Sauvagerie et la marche dans les bois. Ses talents de conteur ne déçoivent pas, il doit répéter une douzaine de fois l'histoire du petit chien qui l'a suivi sur le glacier. On lui conseille de l'écrire, il le fera quelques années plus tard, et ce sera *Stickeen*, un joli livre animalier que beaucoup d'enfants liront ; en attendant, on lui demande de la raconter encore une fois, et comme pour raconter une histoire il ne faut pas trop le pousser, il s'exécute à nouveau.

De Boston, il va à Concord, il visite avec émotion la tombe d'Emerson, et puis celle de Thoreau. Il pousse jusqu'à l'étang de Walden, un lac lisse et tranquille dans un écrin de collines boisées, où Thoreau a vécu dans une cabane construite de ses mains, vivant du champ de haricots qu'il cultivait à côté. « Pas étonnant que Thoreau ait vécu ici deux ans ; j'aurais pu y vivre deux cents ou deux mille ans. » Mais… c'est à un mile de Concord, c'est un but de promenade après dîner, c'est comme un parc dans cette Nouvelle-Angleterre si policée, si cultivée, si construite. Rien n'est plus loin de la Sauvagerie que Walden, et il ne comprend pas que l'on considère Thoreau comme un ermite. Se retirer à Walden, c'est un peu comme se retirer dans sa chambre, ou bien dans une cabane au bout du jardin, et ses amis venaient le voir par le train dont, de la cabane, on aperçoit la voie.

Il est drôle, ce regard *post mortem* d'un apôtre de la vie sauvage sur une autre figure de la vie sauvage. On comprend bien que « vie sauvage », dans les deux cas, n'a vraiment pas le même sens. Muir est un poète enthousiaste, Thoreau un philosophe réfléchi et un peu barbant, l'un gambade dans les bois, parle aux écureuils, grimpe aux arbres les jours d'orage et court les glaciers pour assister à l'épouvantable effondrement des icebergs ; l'autre médite d'un air grave, enseigne, et accueille ses amis venus de Boston le dimanche recueillir quelques oracles. Comparer leur portrait est amusant, deux beaux portraits photographiques posés et soignés, avec la belle matière presque picturale de l'émulsion argentique : on comprend toute la mélancolie de Thoreau, cette façon corrosive et un peu dépressive de ne trouver aucun sens aux usages sociaux, et qui lui fait détricoter les conventions une à une afin de vivre rationnellement libre ; et face à l'œil pétillant de Muir, on sent qu'il ne s'immobilise qu'un instant, enthousiaste et piaffant, prêt à bondir par-dessus la clôture pour filer dans les bois, toujours plus loin, ivre de liberté. Il est très WASP, Thoreau. Muir, au fond, a toujours été un Picte.

Le même été, il embarque à Boston et c'est Liverpool, puis Édimbourg, la plus belle ville qu'il a jamais vue, dit-il, fasciné par ce néomédiévalisme à la Walter Scott, et puis c'est Dunbar. Il rend visite à des parents, des amis, on l'accueille comme un héros, c'est le petit John revenu d'Amérique, il est célèbre, ici aussi on l'a lu. Il va revoir la petite lucarne où il a grimpé une nuit, pour vérifier quelle sorte d'exploit c'était vraiment, et il ne la trouve pas si haute, pas si vertigineuse, et son exploit pas si osé. Il revient sur ses terrains de jeu, les collines et les rochers où il jouait lui paraissent maintenant rétrécis, d'une sauvagerie très modeste. Mais le climat lui semble aussi agréable que celui de l'Alaska, frais et humide. On se demande si son amour de l'Alaska n'est pas qu'elle serait une Écosse d'enfance, mais rétablie à l'échelle d'un adulte. Devant les vagues qui se brisent sur les rochers, il redevient petit garçon, il suit des yeux le vol des oiseaux de mer qui tournoient au-dessus de la plage, et, par une étrange boucle temporelle, oublie ces années agitées qu'il a passées en Amérique.

En 1899, il retourne en Alaska, il rejoint l'expédition organisée par Edward Harriman, un magnat des chemins de fer. Ils sont une douzaine de naturalistes à bord d'un luxueux vapeur, ils longent la côte sud de l'Alaska de Juneau à la baie du Prince Williams, dans le but de recenser la faune et la flore. Il revient sur ses pas vingt ans après, mais tout a changé, on y trouve des lignes régulières, des touristes en groupes qui descendent du bateau pour visiter un village indien où les habitants leur vendent diverses babioles censées être de l'artisanat et des souvenirs. La simple description qu'il en fait serre le cœur : la Sauvagerie perd du terrain, grignotée par la triste banalité du tourisme, les Indiens ici aussi deviennent les survivants d'un monde perdu, ils ont perdu cet admirable quant-à-soi qui faisait leur dignité, et ils dansent sur commande.

Plus tard, ce même baron du rail l'hébergera au Pelican Lodge, un ensemble de luxueux bungalows qui lui appartiennent au bord du lac de Klamath, il lui prêtera son secrétaire particulier pour prendre en note les souvenirs d'enfance que Muir lui racontera jour après jour. Ce sera publié, et on y retrouve le ton d'une joyeuse conversation, que le secrétaire a dû noter à toute vitesse, tour à tour surpris, enthousiaste, étonné, ému, tant Muir sait y faire, de raconter des histoires dès qu'il a un public.

En 1904, il s'embarque pour un immense voyage qui dure un an. Berlin, Saint-Pétersbourg, Caucase, Crimée, Moscou, Sibérie. Et puis Mandchourie, Japon, Shanghai, Inde, Égypte, Ceylan, Australie, Nouvelle-Zélande, Timor, Manille, Hong Kong, Japon encore, Honolulu, et retour en Californie, ça doit faire le tour du globe, je crois.

« La flore australienne et néo-zélandaise est si passionnante que je devrais recommencer des études de botanique, et pour cela travailler jour et nuit. » À part ce cri du cœur, rien n'est publié de ces voyages ; mais on en possède des carnets pleins, écrits sur place, de sa main, et qui attendent leur éditeur. Ils sont disponibles en ligne, je les feuillette au hasard, je tombe sur une page, je la lis, c'est en Russie. Il raconte qu'après souper une femme de l'église grecque vient avec une image sur un plateau de velours noir, une icône sans doute, et demande une contribution pour il ne sait quoi. L'interprète dit qu'ils sont Américains, qu'ils ne comprennent pas. Elle va s'en aller, mais Muir la rappelle et lui donne quelque chose. Elle a le plus beau visage qu'il ait jamais vu. « Que serait une église sans les femmes ! » s'exclame-t-il alors. Il note la dévotion des Russes, leurs signes de croix dès qu'ils aperçoivent une église au loin, leurs prosternations en pleine rue dans les villes les plus animées ; et aussi que la Neva coule sur un lit de sédiments bien stratifiés, sable, gravier, et argile bleue. Je referme le carnet, c'est bien de Muir. Quand il me manquera, je pourrais revenir dans cette bibliothèque impalpable, ouvrir encore un de ses carnets, et me plonger à nouveau dans ce regard clair et attachant, je pourrais encore voir le monde par ses yeux.

Et puis en 1911, il entreprend son voyage si longtemps souhaité. On se rappelle que c'était son but en 1867 : il descend enfin l'Amazone. « L'Amazonie est immensément vaste », note-t-il avec un grand sens de l'à-propos. Au milieu du fleuve, il admire la longue lisière impénétrable qui s'étend sur des kilomètres, hors de vue, à l'infini. Et puis il traverse l'Atlantique, il va en Afrique du Sud, « voir le baobab dans son habitat naturel ». Il visite les forêts de baobabs du Zambèze, admire cet autre géant autant qu'il a admiré les séquoias.

Ensuite Beira, Mombasa, Suez, Naples, New York. Il rentre à Martinez. Il n'a encore écrit que trois livres, deux utiles à la cause de la conservation, *Montagnes de Californie* et *Nos parcs nationaux*, et un seul qui soit simplement joyeux, *Premier été dans la Sierra*. Dans ses carnets, il y a de quoi remplir douze volumes.

Il écrit.

En 1905, Louisa meurt. Roosevelt lui écrit : « Sors au plus vite parmi les montagnes et les arbres, mon ami. Ils feront plus pour toi que tous les hommes. »

Il écrit.

« Je suis dans mon ancien repaire de la bibliothèque, la maison est désolée, personne n'y habite à l'exception d'une souris affamée… »

Il écrit.

« Le beau jardin est planté d'arbres, d'arbustes et de fleurs, que ma femme et moi avons plantés, de belles choses, de tous les pays. »

Il écrit.

Ses filles sont mariées, l'une vit en Californie, mais loin, l'autre en Arizona.

Il écrit.

Il défend la valeur suprême des parcs nationaux comme lieu de recréation : « Ce sont les cathédrales de la Nature, où tous peuvent trouver inspiration et force, et se rapprocher de Dieu. »

Il écrit.

La ville de San Francisco veut aménager Hetch Hetchy, une vallée proche des Yosemite, pour en faire une réserve d'eau. Il la défend tant qu'il peut, démontre que d'autres solutions sont possibles, que c'est un crime contre la splendeur de la Sierra, mais il échoue. La vallée est noyée dans un lac de retenue. Il est très affecté, à la fois de la disparition de la vallée, et de son échec.

Cet hiver-là, il est grippé.

Il écrit.

Il travaille sur le récit de ses voyages en Alaska. Quelques jours avant Noël, il met sa maison en ordre et se rend chez sa fille qui vit dans la poussiéreuse Californie du Sud où l'imaginaire de Noël n'a sans doute pas beaucoup de sens. Il attrape une pneumonie, il est transporté à l'hôpital de Los Angeles. Il meurt le 24 décembre, et autour de lui, sur son lit, s'étalent les feuillets de *Voyages en Alaska*, qu'il corrigeait jusqu'au dernier moment.

J'ai l'impression que cet homme n'a jamais fléchi de toute sa vie.

Je suis triste de le quitter comme ça. Si c'était un roman, la phrase qui dit sa mort serait la dernière, un peu comme « il se jeta sur elle et la mangea » du Petit Chaperon rouge, l'effet dramatique y aurait été fort, on pleurerait, mais ce n'est pas un roman, c'est la vie d'un homme ; je me suis pris d'amitié pour cet homme, et l'amitié est vraie.

Je me souviens avoir vu des aventuriers contemporains. C'était à Val-d'Isère, dans le festival du film d'aventure. C'était deux hommes et une femme, anglo-saxons, sportifs de l'extrême. Ils avaient repéré par Google Earth une rivière inconnue sur la côte ouest du Groenland, inconnue parce que probablement éphémère, ce n'était qu'un déversoir des eaux de fonte de la calotte glaciaire, et si personne ne l'avait cartographiée ni nommée, c'est que personne ne l'avait jamais vue. Ils décident de l'inaugurer pour l'humanité en la descendant en kayak. Ils veulent la prendre par en haut, du bord de la calotte, et pour que ce soit plus plaisant, ils décident d'aborder par la côte est et de traverser la grande île à skis, tirés par des kitesurfs, attelés à leur matériel rangé sur des luges, mille kilomètres de glace à deux mille mètres d'altitude par une température de congélateur. Et ils le font, on voit ça, c'est filmé à la GoPro, tempête de neige, nuit dans des tentes minuscules agitées par le vent, glisse sans fin sur une patinoire grande comme un continent, accident, vertèbre fêlée, mais c'est pas grave, on continue ; régulièrement, ils se font des hugs à trois et se disent que tout va bien, répètent que c'est extraordinaire ce qu'ils font, que personne n'a jamais fait ça, qu'ils vont bien et qu'ils s'aiment, c'est consternant de niaiserie et d'un héroïsme admirable. Arrivés au gros torrent boueux, ils le descendent en kayak. On imagine que dans quelques années la rivière s'effacera ou changera de cours, annulant cet exploit de la surface de la Terre indifférente à l'homme, mais ils l'ont fait.

On en est réduit à ça, maintenant. À explorer les trous de la carte, et à se mettre dans des situations impossibles. Muir tel qu'on le lit aujourd'hui, toute la vie de Muir est une nostalgie de la Sauvagerie, plus nulle part accessible, car la Terre n'est plus nulle part inconnue, sauf à s'imposer des défis absurdes, que mon corps trop âgé et pas assez forgé serait bien incapable de relever. Mais on peut accéder encore à la petite sauvagerie, celle d'un pré, d'une forêt, d'une haie, on peut plonger dans l'odeur de l'herbe, fermer les yeux, et rêver qu'elle est infinie, inexplorée, comme au temps de l'enfance où tout ce qui s'étendait au-delà du seuil de la maison était la Grande Sauvagerie, grande peur, et nous tout petits, elle si attirante.

Muir est l'ancêtre légendaire de toutes les explorations, de toutes les joies du premier pas dans la Nature, quelle que soit l'ampleur de ce pas. Dans un panthéon de figures mythologiques, il serait le dieu des enfants curieux, le dieu des enfants heureux de gambader dans l'herbe et de grimper aux arbres, il serait le saint protecteur de la joie d'aller dans le monde en courant. Je me suis souvent demandé comment les enfants qui grimpent partout ne s'écrasent pas davantage au sol, comment en faisant n'importe quoi, comme ils font toute la journée, ils ne se font pas plus mal, à peine un genou râpé. J'ai passé des heures au jardin d'enfants avec eux, à surveiller les miens, à regarder aussi les autres, et je les voyais courir, grimper, sauter, et jamais il ne leur arrivait rien, je me disais chaque jour qu'il y avait un dieu pour les petits enfants chahuteurs pour qu'on puisse les ramener à peu près intacts le soir à la maison. Et voilà, c'est ça : ce dieu des enfants grimpeurs et casse-cou, avec son regard clair et bienveillant, sa barbe douce et son sourire amusé, ce dieu du salto improvisé et du matelas protecteur, qui veille en toutes situations à ce qu'il ne leur arrive rien, c'est lui : John Muir.

Portrait de John Muir
datant de 1902.
L'écrivain naturaliste
a alors 62 ans.

John Muir aux côtés du chien Stickeen qui l'accompagna en 1880 sur les glaciers en Alaska.

Dans le parc du Yosemite,
en compagnie du président Theodore Roosevelt, en 1906.

À cheval avec le président.

Dans le Yosemite, face à la rivière Merced, en 1900. Elle naît dans la chaîne de la Sierra Nevada et traverse le parc national de Yosemite.

TABLE DES MATIÈRES

Également disponibles en livre de poche aux éditions Paulsen :

La Folle histoire du trail
Jean-Philippe Lefief

Je n'étais pas la bienvenue
Nathalie Guibert

Dans le sillage de l'Invincible Armada
Laurent Joffrin

Born to run
Christopher McDougall

Les Fantômes du Denali
Simon McCartney

Capitaine de Bonaparte
Fabien Clauw

Solo intégral
Alex Honnold

À paraître :

Comment marchent les philosophes
Roger-Pol Droit

Achevé d'imprimer par Ermes Graphics
à Turin (Italie) en février 2023
Dépôt légal : octobre 2022
ISBN : 978-2-37502-152-1